訳あり人妻マンション

葉月奏太

マドンナメイト⊕

訳あり人妻マンション

第一章　訳ありな初体験

1

小山田志郎《おやまだしろう》は完全に圧倒されていた。

目の前にはタワーマンションがそびえ立っている。屋上が青空に浮かぶ雲に届きそうなほど高く、白壁のスタイリッシュなデザインが特徴的だ。磨きあげられた窓ガラスが、春の陽光を受けてキラキラと輝いている。

「すごいな……」

志郎は思わず声に出してつぶやいた。

なにしろ、湾岸エリアにある五十五階建てのタワーマンションだ。これまで住んでいた二階建てのアパートとは、わけが違う。しかも、最寄り駅から徒歩五分という好立地で、周辺には商業施設も充実している。

こんなところに住んでいるのは、考えるまでもなくセレブだけだ。今さらながら、ジーンズにTシャツ、洗いざらしのダンガリーシャツという軽装で来たことを後悔した。

キャリーバッグをゴロゴロ転がしているのも、いかにもよそ者という感じがするのではないか。いや、実際のところよそ者なのだが、自分がひどく場違いな気がして、思わず周囲を見まわした。

志郎は二十三歳の会社員だ。

事務用品を扱う小さな商社に就職して、この春で二年目に突入した。ようやく仕事を覚えたばかりで、タワーマンションに住めるような身分ではない。そのことは、誰よりも自分がいちばんよくわかっていた。

「今日から、ここが小山田さんのお住まいですよ」

穏やかな声が聞こえてはっとする。

隣に視線を向けると、濃紺のスーツに身を包んだ大場奈緒《おおばなお》が、柔らかい笑みを浮かべていた。

セミロングの黒髪が、吹き抜ける風に揺れている。瞳は湖のように澄んで、肌は染みひとつなくなめらかだ。視線が重なると恥ずかしくなり、志郎は慌てて顔をそむけた。

奈緒は不動産屋に勤務しており、これから向かう物件を管理している。

志郎と同い年の二十三歳で、やはり入社二年目だという。それだけで親近感が湧き、会ったばかりだというのに惹《ひ》かれていた。だが、今はほかに気になっていることがある。

「本当に、俺がこんなところに?」

「はい。こちらの最上階のお部屋になります」

奈緒は澄ました顔で告げるが、いまだに信じられない。

一週間前、幼なじみの白岩優吾《しらいわゆうご》から連絡があった。優吾は大学在学中にIT企業を立ちあげて、成功を収めたという秀才だ。大学を卒業して仕事に全力を注ぐと、会社はさらに大きくなった。

海外進出も視野に入れているという話は聞いていたが、いよいよマレーシアに現地法人を設立するという。その準備でしばらく日本を離れることになり、留守を預かるように頼まれたのだ。

――急で悪いんだけど、俺の代わりにしばらく住んでくれないか。

――部屋にある物は、なんでも好きに使ってくれて構わないよ。

――もちろん家賃と管理費、それに光熱費も俺が払うからさ。

突然の申し出にとまどった。

海外出張は最低でも半年から一年くらいはかかるらしい。引っ越しをして半年も経っていないが、このタワーマンションが気に入っている。不動産屋の奈緒に管理を委託してあるが、やはり長期間、家を空けるのは不安だという。こんなことを頼めるのは志郎だけだと拝み倒されて、仕方なく引き受けた。

すべてタダだというので、これまで住んでいたアパートの部屋はそのままに、キャリーバッグひとつでやってきた。

駅で奈緒と待ち合わせをして案内してもらったのだが、想像以上の豪華さに圧倒されている。

「なんだか、緊張してきました」

「素敵な物件ですよね。わたしも最初は緊張しました」

奈緒がそう言って微笑を浮かべる。

「でも、すぐに慣れますよ。では、参りましょう」

穏やかな声でうながされて、マンションのエントランスホールに恐るおそる足を踏み入れた。

（おおっ……）

次の瞬間、思わず目を見開き、心のなかで唸った。

フロアは磨きあげられた黒大理石で、空間を贅沢に使っている。壁に設置されている各部屋の郵便受けは、シンプルでお洒落なデザインだ。奥の自動ドアの前にオートロックの操作盤が設置されていた。

「こちらのオートロックは非接触型になっています。キーにＩＣチップが埋めこまれているので――」

奈緒が説明しながら、キーを操作盤に近づける。すると、自動ドアがスッと開いた。

「キーを差しこんでまわす必要はありません。荷物をたくさん持っているときなどに便利です」

「なるほど……」

「どうぞ、こちらです」

奈緒につづいてマンション内に入ると、そこにはカウンターがあり、スーツ姿の男性が立っていた。

「こんにちは」

慣れた感じで奈緒が声をかける。すると、男性は微かに口角をあげて、恭《うやうや》しく頭をさげた。

「ど、どうも……」

志郎はわけがわからないまま、会釈をして通りすぎる。エレベーターホールに到着すると、奈緒がほっそりした指でボタンを押した。

「まずは、お部屋に行きましょう。あとで地下もご案内しますね。ジムと多目的ルームがあって――」

「あの、さっきの男の人は？」

志郎は彼女の声を遮って質問する。先ほどの男性が誰なのか、気になって仕方がない。

「あの方はコンシェルジュです。交代制で二十四時間常駐しています」

「管理人さんとは違うんですか？」

これまで住んでいたアパートの管理人さんを思い浮かべる。

感じのいい高齢の男性だ。毎朝、アパートの外廊下を掃き掃除しており、ときどき自分の畑で採れた野菜をお裾分けしてくれる。雰囲気はだいぶ異なるが、役割は同じなのではないか。

「共用部分の清掃作業や保守点検は、専門の業者が定期的に入ることになっています。コンシェルジュの仕事は、住民の方の暮らしがより豊かになるようにお手伝いすることです」

奈緒が詳しく説明してくれる。

コンシェルジュは宅配便や郵便物、クリーニングの受け渡しのほか、タクシーやハイヤーの手配、ハウスクリーニングやリフォーム業者の仲介などもするという。そのほか、困ったことがあれば、なんでも相談に乗ってくれるらしい。なにより、常駐しているため、急なことにも対処してもらえそうだ。

「そんな人が二十四時間……」

つぶやいた直後に、ふと不安がこみあげる。

なにしろ、タワーマンションに足を踏みれるのも今日がはじめてなのだ。わからないことだらけで、確認せずにはいられない。

「さっきの人……コンシェルジュのことなんですけど、なにも頼まなければ、お金はかからないんですよね？」

「ご心配なさらなくても大丈夫ですよ。コンシェルジュの料金は管理費に含まれています」

奈緒の言葉にほっとする。それと同時に恥ずかしさが胸にこみあげた。

「そうなんですね。こんな高級なところ、はじめてで……」

「お気になさらないでください。なんでも聞いてくださいね」

「は、はい……」

志郎は顔が熱くなるのを感じながら小さく頷いた。

「エントランスや廊下には監視カメラが設置されているので、セキュリティは万全です」

「なるほど……」

圧倒されることばかりで、もはや質問すら浮かばなかった。

やがてエレベーターが到着して、志郎はうながされるまま乗りこんだ。奈緒がボタンを押すと、静かに上昇をはじめる。振動はほとんど感じないが、高速で動いているのは階数を示すランプでわかった。

「素敵なマンションですよね。わたしも住んでみたいです」

ふいに奈緒がつぶやいた。

隣を見やると、人なつっこい笑みを浮かべている。街を歩けば誰もが振り返るような美人なのに、お高くとまっていない。楽しげに笑う彼女がとても魅力的に感じた。

「俺は運がよかっただけで……持つべきものは幼なじみかも」

「ですよね。うらやましいです」

そんなちょっとした会話が楽しかった。

ところが、エレベーターが上昇するにつれて、奈緒は無口になっていく。表情もどこか硬くなったように見えるのは気のせいだろうか。

(もしかして、高いところが苦手なのかな?)

そんなことを考えて、ひとり納得する。

タワーマンションには憧れるが、高いところで生活するのは落ち着かないという人も多いのではないか。志郎もそう考えていたひとりだが、せっかくの機会なので住んでみることにした。

やがてエレベーターが最上階の五十五階に到着して、扉がほとんど音もなく静かに開いた。

「この階は、ワンフロアに二部屋だけとなっています」

廊下に出ると、奈緒が説明してくれる。

確かに、部屋のドアはふたつしか見当たらない。最上階はエグゼクティブフロアといって、とくに豪華な造りになっているという。

(つまり、人生の勝ち組だけが住めるところなんだな……)

志郎は複雑な気持ちになっていた。

本来なら自分が住めるマンションではない。優吾のおかげで一時だけ夢の生活を送れるが、心の片隅に嫉妬があるのも事実だった。

「こちらの551号室です」

奈緒が部屋の前で立ちどまる。そして、志郎にキーを差し出した。

(あれ?)

ふと疑問が湧きあがる。

てっきり部屋のなかも案内してもらえると思っていたのだが、そういうわけではないらしい。志郎が新規の契約をしたわけではないので、部屋のなかまでは案内しないのかもしれない。

しかし、それより奈緒の表情が気になった。

人なつっこい笑みは消えており、瞳には怯えの色さえ浮かんでいる。高いところが苦手なのだろうか。

「どうも……」

志郎は不思議に思いながらもキーを受け取った。とにかく、キーをドアの鍵穴に差しこもうとする。

「ま、待ってください」

そのとき、奈緒が慌てた声をあげた。

「はい？」

「なにかございましたら、すぐにご連絡ください」

奈緒はハンドバッグから名刺を取り出して、志郎の手に押しつける。彼女の頬の筋肉は、あからさまにこわばっていた。

「どうか、くれぐれもお気をつけください」

最後に奈緒はそう言って背を向けると、まるで逃げるようにエレベーターホールに向かった。

「えっ、ちょっと……」

ひとり残された志郎は呆然と立ちつくした。

奈緒は振り返ることなくエレベーターに乗りこむと、あっという間に去ってしまった。

(お気をつけくださいって……)

いったい、どういう意味だろうか。

思わず首を傾げる。そういえば、あとで地下も案内すると言っていたが、その話はどうなってしまったのか。確か、ジムと多目的ルームがあると言っていた気がする。

(俺が嫌われたのかな……)

もしかしたら、自分でも気づかないうちに彼女を不快にさせる態度を取ったのだろうか。

なにか釈然としないまま、解錠して玄関ドアを開いた。そのとたん、ピーッ、ピーッという電子音が響きわたる。

「な、なんだ?」

大音量に焦ってしまう。

しかし、すぐにセキュリティのアラーム音だと理解する。勤務先の会社の事務所で、たまにセキュリティシステムの誤作動があり、これと似たアラーム音を聞いた覚えがあった。

おそらく、玄関ドアを開けたことで反応したのだろう。慌ててスニーカーを脱いでリビングに向かう。カウンター近くの壁にインターホンのパネルがあり、赤いランプが点滅していた。

カウンターにスティック形のキーが置いてある。

玄関ドアや窓が開いてから、一定時間内にスティックキーをパネルに差しこまなければ、警備会社から警備員が駆けつけるシステムだ。パネルの鍵穴に押しこむと、やはりアラームがピタリと鳴りやんだ。

(ああっ、焦った)

額に滲んだ汗を手の甲で拭い、大きく息を吐き出した。

奈緒が気をつけろと言っていたのは、アラームのことだったのではないか。部屋にあがって説明してくれれば、こんなに焦ることはなかったはずだ。

(ちゃんと教えてくれよ……)

心のなかでつぶやき、いったん玄関に戻る。そして、置きっぱなしだったキャリーバッグを室内に運び入れた。

あらためてリビングに視線をめぐらせる。

三十畳はありそうな広い空間だ。志郎のアパートは十畳ワンルームなので、このリビングにすっぽり収まってしまう。ここまで広いと嫉妬も消え失せて、笑いがこみあげてくる。

「ホントにすごいな……」

目を見開き、思わず声に出していた。

八十五インチという大画面の液晶テレビがあり、宝石を連想させるシャンデリアが吊られている。L字形に配置された黒革製のソファセットは、ベッドのような大きさだ。どっしりしたサイドボードにはいかにも高価そうな洋酒の瓶が並んでおり、ガラステーブルにはクリスタル製の灰皿が置いてあった。

そして、なにより五十五階の窓から眺める景色が素晴らしい。視界を遮る物がなく、すべてを見おろすことができる。遠くの道路を走る車は豆粒のようで、まさに成功者だけが楽しめる眺望だ。

（俺が成功したわけじゃないんだけどな……）

胸のうちで自虐的につぶやくが、それでも景色に見とれてしまう。

優吾は同い年で、こんなところに住んでいる。あらためて幼なじみのすごさを実感して、胸の奥がチクリと痛んだ。

（さてと……）

ほかの部屋をチェックするためリビングを出る。

ひとりで暮らすには広すぎる3LDKだ。若くしてITで成功する男というのは、いったいどんな生活を送っているのだろうか。

廊下に出てひとつめのドアを開く。すると、背の高い本棚が壁を埋めつくしており、窓の前に重厚感のある木製のデスクがあった。

デスクにはパソコンがあり、本棚にはITや経済に関する書籍と、たくさんのファイルが並んでいる。どうやら、ここは仕事部屋らしい。なんでも使っていいと言われているが、この部屋は立ち入らないほうがいいだろう。

隣の部屋をのぞくと、ランニングマシンやエアロバイク、それにベンチプレスの台、バーベルやダンベルなどが置いてある。ここはトレーニングルームだ。どうやら仕事の合間に体を鍛えているらしい。

(へえ、やっぱり違うな)

あらためて感心してしまう。

成功する男というのは、健康にも気を使っているのかもしれない。家に帰るとダラダラすごしている自分とは、なにもかもが違っていた。

さらにバスルームとトイレをチェックする。掃除が行き届いており、新築のようにピカピカだ。定期的に清掃業者を入れていたのだろうか。これほどきれいだと使うのに躊躇してしまう。

（こっちは寝室かな？）

予想しながら最後のドアを開ける。

蝶番が錆びているのか、ギギッという微かな音がした。これだけ豪華な部屋なのに、このドアだけやけに動きが悪くて重く感じる。とにかく開け放って、室内に足を踏み入れた。

二十畳ほどはあるだろうか。中央にキングサイズのベッドが置いてある。空間を贅沢に使った寝室だ。

クローゼットがあるので扉を開けてみる。なかには仕立てのいいスーツとブルゾンが何着か吊ってあった。

ちょうど背格好も似ているので、服も勝手に着ていいと言われているが、いざとなると気が引ける。結局はアパートから持ってきた自分の服を着ることになるだろう。

キャリーバッグから着慣れたスーツを取り出すと、クローゼットに吊した。二着で一万円のスーツは見劣りするが、背伸びをしても仕方がない。この豪華なマンションに住めるだけでも夢のようだった。

2

ひととおり部屋をチェックしてリビングに戻る。

ソファに腰かけてテレビをつけるが、内容がなにも頭に入ってこない。窓に視線を向けても、座っていると空しか見えなかった。

（なんか、落ち着かないな……）

ふと時計を見やれば、午後三時をまわったところだ。

そろそろ晩ご飯を調達したほうがいいだろう。ついでに近所を見てまわるつもりだ。今日は日曜日で休みだが、明日から普通に仕事がある。このマンションでの生活に、少しでも早く慣れる必要があった。

とりあえず、庶民的なスーパーや手ごろな食事処を把握しておきたい。先ほど最寄り駅からここまで歩いてくるときは、いかにも高級そうなスーパーやレストランしか見当たらなかった。

セレブ層が暮らす地域だから仕方ないが、食費まで優吾が持ってくれるわけではない。安い店を見つけておかないと、あとで苦労する。とにかく、周辺を歩きまわってみるつもりだ。

玄関に向かうと、スニーカーを履いて廊下に出る。そのとき、ちょうどエレベーターが到着して扉がすっと開いた。

奈緒が戻ってきたのかと思って視線を向ける。ところが、エレベーターから降りてきたのは見知らぬ女性だった。

白いワンピースに水色のカーディガンを羽織っている。年のころは三十代なかばといったところか。やさしげな顔立ちをしており、明るい色の緩くカールした髪が、肩にふんわりとかかっていた。

「こんにちは」

目が合うと、女性は涼しげな声で挨拶して頭をさげる。

「こ、こんにちは……」

志郎も慌てて会釈するが、彼女から視線をそらせなくなっていた。このフロアは二部屋しかないので、隣の部屋の住人だろうか。

（きれいな人だな……）

澄んだ瞳に惹きつけられる。

不動産屋の奈緒とは違ったタイプの美しさだ。目の前の女性からは大人の魅力が感じられた。

ワンピースの胸もとは大きく盛りあがり、腰は細く締まっている。それでいながら、尻は左右にむっちり張り出して存在感を示していた。清楚な雰囲気なのに隠しきれない色香が濃厚に漂っている。

「あの……」

彼女がぽつりとつぶやいた。

志郎がじっと見つめていたのでとまどっている。もしかしたら、怪しいやつだと思われたのかもしれない。

「きょ、今日から551号室に住むことになった小山田志郎といいます」

誤解を招かないように慌てて自己紹介する。すると、彼女はやさしげな笑みを浮かべた。

「白岩さんからうかがっています」

その言葉を聞いてほっとする。どうやら、優吾は幼なじみが代わりに住むことを伝えていたらしい。

（そういえば……）

ふと優吾から聞いた話を思い出す。

隣の部屋には夫婦が住んでいて、旦那は感じが悪いが、妻は愛想がよくて美人だと言っていた。

「はじめまして。わたしは――」

彼女は穏やかな声で自己紹介をはじめる。

552号室に住んでいる青山香菜子《あおやまかなこ》。夫とふたり暮らしだという。

こんなところに住めるのだから、きっと旦那は高給取りに違いない。セレブの人妻だと思うと、微笑さえ上品に見えてくる。髪をかきあげる所作すらも、洗練されているように感じた。

「わからないことがあったら、なんでも聞いてくださいね」

香菜子がやさしく声をかけてくれる。

「あ、ありがとうございます」

志郎も慌ててぎこちない笑みを浮かべた。

「引き留めてしまって、ごめんなさい。お時間、大丈夫でしたか?」

「ちょっとスーパーに行くだけですから」

「お買い物ですか。それなら少し歩きますけど、駅の向こう側のスーパーのほうが安くていいですよ。わたしも今、行ってきたところなんです」

香菜子は買い物袋を軽く持ちあげてみせる。

意外な言葉だった。このマンションの住民は、お高くとまった人ばかりだと勝手に思いこんでいた。値段のことなど気にすることなく、高級スーパーで高価な食材を購入すると決めつけていた。

「安いところとか、行くんですね」

「専業主婦ですから、しっかり引きしめないと」

香菜子はそう言って微笑を浮かべる。

(へえ、こういう人もいるんだな……)

庶民感覚を持ち合わせていたことで、ますます惹かれていく。志郎は返事をするのも忘れて、ぼんやり彼女の顔を見つめていた。

「お隣さんなので、よろしくお願いしますね。では、失礼します」

香菜子はバッグからキーを取り出して会釈する。そして、552号室に入っていった。

(なんか、楽しくなってきたぞ)

緊張が解けると同時に心が浮き立った。

タワーマンションに住めるうえに、美しい人妻と知り合いになれた。ただ言葉を交わすことができるだけでも楽しかった。

（それに……）

不動産屋の奈緒の顔を脳裏に思い浮かべる。

同い年ということもあり、親近感が湧いている。香菜子は人妻だが、奈緒は独身だと思う。

（いや、でも……）

あれだけ美人なら、きっと恋人がいるだろう。いずれにせよ、自分など相手にされるはずがない。それはわかっているが、知り合いになれただけでも心が浮かれていた。

なにしろ、志郎は童貞だ。これまで女性と交際した経験がなく、好きな人ができても告白する勇気がなかった。だから、こうして話ができるだけでもうれしくてたまらない。

今日からタワーマンションでの生活がはじまる。

優吾が日本に戻るまでの期間限定だが、これまで志郎が知らなかった世界をのぞけるはずだ。今から楽しみで仕方なかった。

3

駅の向こうにあるスーパーに行ったが、今日は疲れたので惣菜コーナーでシャケ弁当を買って晩飯にした。

タワーマンションに住むことになったが、収入が増えたわけではない。当然ながら、食べる物は以前と変わらない。部屋が豪華なだけに、なおさら侘《わび》しい感じがした。

食事のあとシャワーを浴びて、夜十一時前には横になった。

優吾がシーツや枕カバーを新しくしてくれていたので、キングサイズのベッドは最高の寝心地だ。しかし、寝室が無駄に広くて落ち着かない。無理やり目を閉じるが、なかなか寝つくことができずにいた。

（参ったな……）

枕もとに置いたスマートフォンで時間を確認しては、寝返りを打つことをくり返す。そんなことをしているうちに、いつの間にか眠りに落ちていた。

「ううん……」

自分の唸る声が聞こえる。

夢なのか現実なのかわからない。ぼんやりとした意識のなかで、息苦しさを覚えていた。

腹から胸のあたりに、なにかが乗っているような重みを感じる。肺が圧迫された状態で、まともに呼吸することができない。体を起こそうとするが、どういうわけか動かなかった。

(なんだ……どうなってる?)

寝返りも打てず、なぜか瞼《まぶた》が重くて目が開けられない。いったい、どうしたというのだろうか。

「くっ……」

全身の筋肉に力をこめるが、やはり指一本動かせない。声をあげようにも、口さえ開かなかった。

自分の身になにが起きているのかわからない。頭のなかは靄がかかったようになっており、なにもかもがぼんやりしている。まだ目が完全に覚めていない。まるで状況が把握できなかった。

(夢……俺は夢を見ているのか?)

頭の片隅で懸命に考える。

そのとき、体にかかっていた重みがフッと消えた。そして、隣でマットレスがわずかに沈みこむのがわかった。

ギシッ――。

微かな音も聞こえた。

仰向けになった志郎の右腕と右脚に、なにかが触れている。誰かが添い寝しているような感覚だ。しかも、耳もとで生暖かい空気の流れを感じる。何者かが息をフーッと吹きかけている気がしてならない。

（だ、誰かいるのか？）

ここには志郎しかいないはずだ。

まさか、泥棒が入ったのだろうか。いや、泥棒だとしたら添い寝などするはずがない。

しかし、どうやって忍びこんだのだろうか。

このマンションはコンシェルジュが二十四時間待機しており、廊下には監視カメラもある。さらに各部屋にはセキュリティシステムが完備されている。しかも、ここは五十五階で窓からの侵入はむずかしい。

（それなら、いったい……）

底知れぬ恐怖が湧きあがった。

ただの泥棒とは思えない。このマンションに侵入するのは、あまりにもリスクが高すぎる。それに、この部屋になにか特別な狙いがあるのだろうか。侵入者の目的はまったくわからないが、とにかく身の危険をひしひしと感じていた。

なんとかして逃げなければと、必死に体を動かそうとする。しかし、全身が石になったように固まり、どうすることもできない。

（どうして、動けないんだ）

焦りばかりが大きくなっていく。

金縛《かなしば》りに遭うのなど、これがはじめてだ。こうしている間も耳に熱い息が吹きかかっている。侵入者がいるのは間違いない。

（助けてくれっ！）

心のなかで叫ぶが声にはならない。それでも懸命に身をよじろうとしたそのとき、なんとか目を開けることができた。

（だ、誰なんだ？）

眼球は動かせないが、視界の隅に人影が映った。

間違いなく誰かがいる。

照明もサイドテーブルのスタンドも消してあるが、カーテンは開け放っているため月明かりが射しこんでいる。最上階で外から見られる心配がないため、カーテンを開けたまま横になったのだ。

目に意識を集中させると、なんとか眼球が動いた。恐るおそる隣に向ければ、そこに横たわっている人物が目に入った。

(お、女?)

混乱しながら懸命に確認する。

雪のように白い肌と黒髪のロングヘアが特徴的だ。はっきり見えないが、白くて薄手の服を着ているようだ。寄り添うように横たわり、額を志郎の右肩にそっと押し当てていた。

パッとみたところ、ナイフなどの凶器は見当たらない。だからといって安全とは限らない。なにしろ、この女は他人の部屋に勝手に入りこんでいるのだ。

(あっ……)

そのとき、新たな仮説が脳裏に浮かんだ。

もしかしたら、優吾と間違えているのではないか。優吾は頭脳明晰なうえに顔もよくて、昔からモテていた。女遊びをするタイプではないが、それでも恋人はいたようだ。

合鍵を渡した女性がいるのかもしれない。

しかし、志郎を優吾だと勘違いしているのなら、彼が海外出張中なのを知らないことになる。ということは、かつて交際していて合鍵を渡したが、すでに破局した女性ではないか。

(じゃあ、別れた彼女が……)

優吾に未練があるとしたらどうだろう。

募る想いを抑えられなくなり、返すことなく持っていた合鍵を使って侵入したのではないか。以前、頻繁に訪れていたとすれば、コンシェルジュとも顔見知りで難なく通過できるかもしれない。

そして、まんまと部屋に忍びこみ、寝ていた志郎を優吾だと勘違いしたのではないか。明かりは月光だけなので、顔は見えづらい。それに優吾だと思いこんでいるなら、しっかり確認していないかもしれない。そう仮定すれば、こうして添い寝をしていることも説明がつく。

(人違いだ。俺は優吾じゃないんだ)

なんとか伝えたいが、なにしろ声が出ない。動かせるのは瞼と眼球だけで、どうすることもできなかった。

彼女の手がゆっくり伸びて、志郎の胸板に重なる。手のひらをスウェットの上からあてがい、大胸筋を撫ではじめた。

(な、なにをしてるんだ?)

忘れかけていた恐怖が再び湧きあがる。

この女性が優吾の元カノだとしたら、どんな別れかたをしたのだろうか。もし優吾が恨まれていたら、最悪の結末も覚悟しなければならない。

(まさか、無理心中とか……)

恐怖のあまり血の気がサーッと引いていく。

女は額を志郎に肩に押し当てたまま、胸板をゆったり撫でている。今はやさしい手つきだが、どうなるかわからない。なにしろ不法侵入するような女だ。豹変する可能性が常につきまとっていた。

(もし、起きていることがバレたら……)

隠し持っているナイフでひと突きにされるのではないか。

ここは寝たフリをつづけるべきだ。そうすれば女は思い直して、なにごともなかったように立ち去ってくれるかもしれない。体を動かせない以上、そのわずかな可能性に賭けるしかなかった。

「うっ……うぅっ」

女の微かな声が聞こえる。

どうやら、すすり泣いているらしい。よほど思いつめているのか、悲しげに涙していた。

優吾のことがよほど愛おしいのか、あるいは泣くほど恨んでいるのか。いずれにせよ、彼女のすすり泣きからは、暗い未来しか想像できない。深い悲しみしか感じられなかった。

(どうなるのか……俺は今日、人違いで殺されるのか?)

考えると恐ろしくてならない。

全身がガタガタと震えはじめる。いや、実際には金縛りに遭っているので震えていない。感覚的には震えているが、志郎の体は硬直したままで、どこも動いていなかった。

(クソッ、どうなってるんだ)

なにが起きているのか、まるでわからない。こんな状態で人生の最期を迎えるのかと思うと、無念でならなかった。

せめて、どんな女に殺されるのか、この目に焼きつけておきたい。こんなことをするくらいだから、よほど醜悪な顔をしているのではないか。懸命に眼球を動かして、横目で女の顔を凝視した。

(顔を見せろ!)

胸のうちで叫んだ直後だった。

それまで志郎の肩に額を押し当てていたが、まるで心の声が聞こえたように女が顔をあげた。

(えっ……)

志郎は思わず両目を見開いた。

こんなときだというのに、女性の顔に見惚れてしまう。年は二十代後半といったところだろうか。瞳には涙が滲んでいるが、鼻梁が高くて派手な顔立ちの美しい女性だ。

(き、きれいだ……)

心のなかでつぶやき、はっと我に返る。

呑気に見惚れている場合ではない。女の目的はわからないが、侵入者であるのは確かだ。

(ね、寝たフリをしないと……)

そう思うが、もう目をそらすことはできない。

彼女も志郎が起きていることに気づいたらしい。怪訝《けげん》そうに眉根を寄せて、顔をまじまじとのぞきこんだ。

「ちょっと、あなた……」

なにかを言いかけるが、それきり黙りこむ。

優吾ではないことに気づいたようだ。だが、彼女が驚いたのはほんの一瞬だけで、すぐに落ち着きを取り戻した。

(気づかなかったのか?)

ふと脳裏に疑問が浮かんだ。

志郎の顔を見たときの、彼女の反応が解せなかった。目が合ったので、優吾ではないことがわかったと思う。それなのに、彼女は体をゆっくり起こすと、志郎の隣でしどけなく横座りをした。

そのとき、はじめて彼女が白い長襦袢姿だということに気がついた。ストレートの黒髪が肩に柔らかく垂れかかっている。窓から射しこむ月明かりを受けて、なにやら幻想的に輝いていた。

「まあ、いいわ」

小さな声だった。

志郎に向けた言葉なのか、単なる独りごとなのかわからない。とにかく、優吾に会えなかったのに、がっかりしている様子はなかった。

(目的は、優吾じゃないのか？)

危ない橋を渡って侵入したのは、なにが目的なのだろうか。

優吾が関係ないのなら、やはり泥棒なのかもしれない。いや、ただの泥棒は添い寝など絶対にしない。それに彼女は悲しげに涙を流していた。いったい、なにを考えているのだろうか。

「起きているなら、もう遠慮する必要はないわね」

彼女は小声でつぶやき、唇の端に笑みを浮かべる。そして、志郎のスウェットをまくりあげて頭から抜き取った。

(な、なにを……)

志郎は思わず顔をひきつらせる。

とはいっても、金縛りの最中なので表情は変わらない。ひきつった気がしただけで、頬の筋肉まで凍りついたように固まっていた。

(あ、あなたは誰なんですか?)

心のなかで問いかけるが、もちろん彼女には聞こえない。

優吾とは関係ないのだろうか。それなら、いったい何者で、どんな目的があって、どうやってここに侵入したのか。疑問が次から次へと湧きあがるが、声を出せないのがもどかしい。

「わたしは仁科愛華《にしなあいか》。以前、ここに住んでいたの」

まるで志郎の心を読んだように、彼女が穏やかな声でつぶやく。

犯罪者が自ら名乗るはずがない。偽名なのか、それとも……。本当にここに住んでいたのなら、鍵を持っていてもおかしくはない。だが、いずれにしても勝手に入りこんだのは事実だ。

「久しぶりだから、楽しませてもらうわよ」

愛華と名乗った女はそう言って、志郎の胸板にしなだれかかる。そして、指先で乳首をいじりはじめた。

(うっ……)

心のなかで呻《うめ》き声を漏らす。

甘い刺激が走り抜けて、全身の筋肉に力が入る。しかし、金縛りに遭っている体は、どこも動いていなかった。

4

志郎はベッドの中央で仰向けになっているだけで、指一本動かすことができずにいた。

こうしている間も、愛華は指先で乳首をそっと摘まんでは、やさしくクニクニと転がしている。そうやって刺激されると、自然と反応して硬くなっていく。瞬く間に血液が流れこみ、乳首はぷっくりとふくらんだ。

(ど、どうして、こんなことを……)

志郎はとまどうばかりで、いまだに状況を把握できていない。瞼と眼球だけは動かせるため、なんとか自分の胸もとを見おろした。

大声で叫んでも声にはならない。

(な、なにをやってるんですかっ)

愛華は胸板に頬を押し当てて、微笑を浮かべながら、指先で双つの乳首をいじっている。やさしい手つきは愛撫と呼んでもいいだろう。硬くなったところを執拗に刺激されて、甘い痺れがひろがった。

（くっ……な、なにかヘンだぞ）

乳首の疼《うず》きに困惑しながらも懸命に考える。

金縛りにしろ、侵入者にしろ、おかしなことばかりだ。しかも、侵入者は金品を盗んで逃げるわけでもなく、なぜか眠っていた志郎に愛撫を施している。とてもではないが、現実のこととは思えない。

（こんなことあり得ない……いったい、なにが……）

考えれば考えるほど、頭が混乱してしまう。

もしかしたら、自分はまだ眠っているのではないか。そして、夢を見ているのではないか。そう考えれば、この異常な状況にも納得がいく。夢のなかの出来事なら、なにが起きてもおかしくない。

（そうだ夢だ……俺は夢を見ているんだ）

そう心のなかで唱えつづける。

こうしている間も、愛華は愛撫の手を休めることはない。双つの乳首を交互に摘まみあげては、指先でやさしく転がしつづける。

(ううっ、や、やめてください)

甘い痺れが乳首から全身へ、まるで波紋のようにひろがっていく。四肢の先まで到達すると、すぐに第二波が発生して同じことがくり返される。夢にしてはやけにリアルな感覚だ。

「こんなに硬くなって……」

愛華がつぶやいた直後、ヌルリとした感触が乳首を襲った。

ついに舌を這わせてきたのだ。唾液を塗りつけるように乳首を舐めたと思ったら、柔らかい唇で挟みこむ。そのまま吸いあげられると、蕩けるような快感が湧き起こった。

(くううッ!)

これが現実だったら、情けない声をあげて、腰を激しくよじっていたに違いない。それくらい強烈な刺激が全身を駆けめぐった。

「気持ちいい?」

愛華は小声でささやきながら、ねちっこい愛撫をつづける。舌先で乳輪をくすぐるようになぞっては、隆起した乳首にむしゃぶりつく。舌を這わせるだけではなく、不意を突くように前歯で甘噛みした。

（ひぐうぅッ……そ、それ、ダメです）

心のなかで懸命に訴える。

こんなことをつづけられたら、どうにかなってしまう。なにしろ、志郎は童貞だ。女性とキスをした経験すらないのに、これほど濃厚な愛撫を施されるのは刺激が強すぎる。

乳首に舌が這いまわるたび、ペニスがむずむず疼き出す。それを意識することで、ますます愛撫に翻弄されてしまう。

（そ、そうだ……）

強制的に送りこまれる快感に耐えながら、ふと思いつく。

これが夢なら目を覚ませば愛撫は中断する。気づけば簡単なことだ。強い意志を持って挑めば、眠りから覚醒できるのではないか。

しかし、愛華はこれまで出会ったことのない派手なタイプの美女だ。これから先、愛華のような女性と接点を持てるかわからない。そんな女性がやさしくねちっこい愛撫を施してくれるのだ。この淫らな夢を終わらせるのは、もったいない気もした。

（あとちょっとだけ……）

慌てて起きる必要はない。もう少しだけ、この時間を楽しんでも罰は当たらないだろう。

眼球を動かして、自分の胸もとを見おろす。すると、乳首を舐めしゃぶっている愛華が、上目遣いに志郎の顔を見つめていた。

「もっと気持ちいいこと、してあげる」

ささやくような声だった。

そのひと言で期待が高まり、疼いていたペニスが急速にふくらみはじめる。血液がどんどん流れこみ、亀頭が膨張していく。見ることはできなくても、スウェットパンツの前が張りつめるのがわかった。

金縛りに遭っているというのに、なぜかペニスは勃起している。自分の意志で体を動かせなくても、肉棒は恥ずかしいほどに屹立していた。

最初は瞼も開けられない状態だった。ペニスだけ勃《た》つのは不自然だ。いや、でも勃起は自分の意志ではないので、金縛りに囚われないのかもしれない。とにかく、硬く反り返っているのは事実だった。

「前が苦しそうね」

愛華が股間を見おろして、微笑まじりにつぶやく。その直後、スウェットパンツの上から手のひらが重なった。

（うっ……）

軽く触れただけでも快感がひろがる。さらにやさしく撫でられると、亀頭の先端から我慢汁が染み出した。

（そ、そんなことされたら……くううっ）

声を出すことができたら、情けなく呻いていただろう。

服ごしとはいえ、強烈な快感が突き抜ける。勃起したペニスに自分以外が触れるのは、これがはじめての経験だ。先走り液が次から次へと溢れ出して、ボクサーブリーフの内側をドロドロに濡らしていく。

「見てもいい？」

愛華が潤んだ瞳で見あげて問いかける。

（ダメに決まってるじゃないですか！）

志郎は慌てて答えるが、声にはならない。それならばと、懸命に目で訴えかける。しかし、愛華はあっさり無視して、両手の指をスウェットパンツのウエストにかけた。

（や、やめてくださいっ）

志郎の願いも虚しく、スウェットパンツとボクサーブリーフがまとめて引きおろされる。その直後、これでもかと勃起しているペニスが、勢いよくブルンッと跳ねあがった。

「ああっ、大きい」

愛華がため息まじりにつぶやく。そして、張りつめた太幹にほっそりした指を巻きつけた。

(ううっ……)

またしても心のなかで呻き声を漏らす。軽く握られただけでも、全身がゾクゾクするような感覚が走り抜けた。

「すごく熱いわ」

愛華が太幹に巻きつけた指をゆっくりスライドさせる。さらなる快感がひろがり、新たな我慢汁が湧き出した。

(くっ……こ、こんなこと……)

とても夢とは思えない。女性にペニスをしごかれたら、こんなにも気持ちいいのか。早くも下腹部に射精欲が芽生えていた。

「また硬くなってきた。気持ちいいのね」

からかうように言いながら、愛華が目を見つめる。

視線が重なることで、羞恥と快感がさらに大きくなった。射精欲がふくれあがり、今にも暴発してしまいそうだ。

(そ、それ以上されたら……うううッ)

瞬く間に限界寸前まで追いこまれる。

すると、愛華は勃起した肉棒から手をさっと離した。まるで志郎の心を見透かしたようなタイミングだ。

「まだ出してはダメよ」

そう言うと、志郎の隣で膝立ちの格好になる。そして、どういうわけか腰紐をほどきはじめた。

「わたしも、もう我慢できないわ」

長襦袢の前がはらりと開く。すると、たっぷりした乳房が露《あらわ》になった。

まるでメロンを思わせる大きなふくらみだ。白い肌がなめらかな曲線を描いており、その頂点に濃いピンクの乳首が乗っている。しかも、乳首は触れてもいないのにピンピンにとがり勃っていた。

(おおっ……)

金縛りになっていなければ、歓喜の声をあげていたのは間違いない。

なにしろ手を伸ばせば届く距離で、ナマの乳房が揺れているのだ。動けないのがもどかしくてならない。触れてみたくてたまらないが、どんなに力をこめても手は動かない。逃げるためではなく、乳房に触れたくてがんばっていた。

(俺はなにを必死になってるんだ)

頭の片隅でそう思うが、夢なら覚めないでくれとも願っている。これからなにが起きるのか、期待がどんどんふくらんでいた。

「気持ちいいこと、したいでしょう?」

愛華は膝立ちの姿勢で長襦袢を完全に脱ぎ去った。

視線を下腹部に向ければ、漆黒の陰毛が目に飛びこんだ。きれいな楕円形に整えられており、肉厚の白い恥丘を彩っている。腰が細く締まっているため、乳房と尻のボリュームが強調されていた。

女性の裸は雑誌やインターネットで何度も見ているが、やはり実物は色気も迫力もまるで違う。

(いや、ちょっと待てよ)

これは現実ではなく夢だ。今、自分は夢を見ている。ということは、すべて自分が頭のなかで作り出した妄想にすぎない。

（でも、これが本当に夢……）

志郎は目の前の女体をまじまじと見つめる。

まるみを帯びた乳房にツンと自己主張する乳首、くびれた腰も左右に張り出した臀部も、すべてが妄想の産物だというのだろうか。

なにか釈然としない。しかし、そんな志郎の疑問などお構いなしに、愛華が片脚をあげて股間をまたいだ。そのとき、ほんの一瞬だが女性器が露になり、月明かりに照らされた。

（こ、これは……）

思わず両目をカッと見開く。

陰唇は新鮮な赤貝のようにウネウネしている。少しくすんだ赤色で、ヌラヌラと濡れ光っていた。もしかしたら、華蜜が溢れているのではないか。ペニスに触れたことで彼女も興奮しているのかもしれない。

（す、すごい……これが女の人の……）

心のなかで「オマ×コ」という言葉を思い浮かべると、それだけで腹の底から興奮が湧きあがる。

女性器をナマで見るのは、これがはじめてだ。

形状の艶めかしさにドキドキすると同時に、ぐっしょり濡れていたことに驚かされる。もう夢でも現実でも、どちらでもいい。それより、これからどうなるのか気になって仕方がない。

「久しぶりなの……」

愛華は両足の裏をシーツにつけて、志郎の股間の真上で腰をおろす。和式便器で用を足すときのような格好だ。そして、右手を伸ばしてペニスをつかみ、亀頭を自分の割れ目へと誘導する。

(ま、まさか……)

期待と興奮が胸のうちで渦を巻く。ペニスはますます硬くなり、先端から大量の我慢汁が溢れ出した。

「これが欲しかったの……ああっ」

亀頭が女陰に触れると、愛華が尻をゆっくり下降させる。濡れた女穴にペニスの先端が沈みこみ、熱い膣粘膜に包まれた。

(おおおッ、は、入っていく……)

たまらず心のなかで絶叫する。

股間に視線を向ければ、己のペニスが膣にはまっているのが確認できた。亀頭がすっかり収まり、陰唇がカリ首に密着している。キュッと締めつけられて、蕩けるような快感が押し寄せた。

「ああンっ、大きいわ」

愛華は喘ぎながらつぶやき、腰をさらに落としこむ。太幹がズルズルと呑みこまれて、あっという間に根元までつながった。

(俺のチ×ポが……ぜ、全部、オマ×コのなかに……)

これまで経験したことのない鮮烈な刺激が突き抜ける。

現実だったら、これがはじめてのセックスになる。夢のなかとは思えない強烈な快感だ。ペニスが溶けそうな愉悦が全身にひろがり、先走り液がどっと溢れ出した。

(お、俺、セックスしてるんだ……)

そう思うことで、腹の底から興奮が湧きあがる。

夢でも妄想でも構わない。二十三年の人生で、これほどの快楽を経験したことはない。今はこの悦びに没頭していたかった。

(ううッ、す、すごいっ、き、気持ちいいっ)

とにかく女壺のもたらす刺激は強烈だ。もし体を動かすことができたら、股間を思いきり突きあげていただろう。ペニスをさらに深くまで押しこんで、あっという間に果てていたに違いない。

「まだダメよ」

志郎の胸のうちを見透かしたように愛華がささやく。そして、腰をゆったりと振りはじめた。

「あンっ……はああンっ」

両手を志郎の腹に置き、尻を上下に弾ませる。そそり勃った肉棒が、蜜壺に出たり入ったりをくり返す。濡れた襞で擦られるのが、この世のものとは思えない快楽を生み出して、瞬く間に射精欲がふくれあがった。

（くううッ、い、いいっ、気持ちいいっ）

志郎は心のなかで叫ぶことしかできない。

いっさい身動きができず、犯されているような状態だ。見知らぬ美女が騎乗位で腰を振り、次から次へと快楽を送りこんでいる。夢か現実かなど関係ない。とにかく、射精したくてたまらない。

「あッ……あッ……」

愛華が切れぎれの喘ぎ声を漏らしながら腰を振っている。

虚ろな目をしているのは、快楽に没頭しているからだろうか。リズミカルに尻を上下させることで、結合部分からクチュッ、ニチュッという湿った蜜音が響いていた。

(お、俺……も、もうっ)

これ以上は耐えられそうにない。

自分でしごくのとは比べものにならない快感だ。ペニスは濡れた膣穴のなかで限界まで膨張して、もはや暴発寸前まで追いこまれている。頭のなかがまっ赤に染まり、もうなにも考えられなかった。

「ああッ、い、いいっ、はあああッ、いいっ」

愛華の喘ぎ声も大きくなる。

快楽に没入しているのだろう。唇の端から涎れを垂らして、尻を何度も勢いよく打ちおろす。そうやってペニスを膣の奥まで迎え入れると、これでもかと猛烈に締めあげた。

(くううッ、も、もうダメですっ)

未知の快楽が突き抜けて、膣に根元まで埋まったペニスがビクンッ、ビクンッと暴れまわる。

（おおおッ、で、出るっ、くおおおおおッ！）

とてもではないが耐えられず、愉悦の嵐に呑みこまれる。

灼熱のザーメンが勢いよく噴きあがり、尿道のなかを高速で駆け抜ける。凄まじい快感がペニスから全身にひろがり、もうなにも考えられない。かつてないほど大量に精液を解き放った。

「あああッ、あ、熱いっ、あああッ、いいっ、はあああああッ！」

愛華も絶叫に似たよがり泣きをまき散らす。

もしかしたら、彼女も絶頂に達したのかもしれない。乳房を弾ませながら腰をよじり、髪を振り乱して仰け反った。

（す、すごいっ、ううッ）

膣のなかがうねることで、さらなる悦楽の波が押し寄せる。ペニスは脈動をつづけて、二度三度とくり返し精液を噴きあげた。

愛華は尻を完全に落としこんだ状態で、腰をねっとりとまわしている。ペニスが根元まで収まったまま、四方八方から締めつけられた。

（これがセックス……俺、セックスしたんだ……）

意識がだんだん霞んでいく。

最後の一滴まで精液を搾り取られて、満足感とともに疲労感が押し寄せる。猛烈な眠気が全身を包みこみ、ただでさえ動かない四肢から力が抜けた。

「あなた、なかなかよかったわよ」

愛華が腰をあげて、ペニスが膣から抜け落ちる。

たっぷり射精したことで、肉棒はすっかり力を失っていた。膣口は一瞬だけ暗い穴をのぞかせるが、すぐに収縮して閉ざされる。二枚の陰唇が密着して、その隙間から白い精液がドロリと逆流していた。

「また来てもいいでしょう?」

そうささやく愛華は、ひどく淋しげな表情になっている。隣でしどけなく横座りをすると、仰向けになっている志郎の顔を見おろした。

(また来るって……どういうことだ?)

瞼が急激に重くなる。

睡魔に襲われて、もうこれ以上、目を開けていられない。瞼が完全に閉じる寸前、愛華の目に光るものが見えた気がした。

第二章　隣のセレブ妻

1

翌朝七時半、聞き慣れた電子音で目が覚めた。

手探りで枕もとに置いてあるスマホのアラームを切ると、横になったまま目を擦る。重い瞼をゆっくり開けば、窓から射しこむ眩い朝の光が、広い寝室のなかを照らしていた。

（あっ、そうか……）

一瞬、どこにいるのかわからず焦ってしまう。だが、すぐに優吾のマンションにいるのだと思い出した。昨日、ここに引っ越してきたばかりで、まだ慣れていなかった。

「痛っ……」

大きく伸びをした直後、思わず声に出してつぶやいた。

きっと昨夜のおかしな夢のせいだ。金縛りに遭って、愛華と名乗る美女とセックスする夢を見た。寝ながら力が入っていたのかもしれない。激しい運動をした翌日のように、全身が筋肉痛になっていた。

(それにしても……)

やけにリアルな夢だった。

愛華の執拗でねちっこい愛撫も、はじめてのセックスの快楽も、実際に体験した気がしてならない。今でも目を閉じれば、蜜壺の蕩けるような感触をはっきり思い出せる。

(すごい夢だったなぁ)

股間がズクリと疼き、無意識のうちに手が伸びた。

指先に直接ペニスが触れたことではっとする。スウェットパンツとボクサーブリーフが膝までさがっていた。

(えっ、なんで?)

慌てて上半身を起こすと、自分の股間に目を向ける。ペニスがむき出しで、精液の匂いまでうっすらと漂っていた。それに、精液以外の艶めかしい匂いも微かにまざっている。

（これって、まさか……）

昨夜の夢を思い返す。

愛華は志郎のスウェットパンツとボクサーブリーフを膝まで引きおろすと、裸になって股間にまたがった。そして、勃起したペニスを膣に挿入して、淫らに腰を振り立てたのだ。

（本当に夢だったのか？）

だんだん自分の記憶が信じられなくなる。

なにしろ、ペニスに意識を向ければ初体験の快楽がよみがえるのだ。これほどリアルな夢があるだろうか。考えれば考えるほど、実際に体験したとしか思えなかった。

仮に現実の出来事だったとしたら、愛華はどうやって侵入したのだろうか。ここはセキュリティがしっかりしている。普通の人が、そう簡単に入りこめる場所ではない。

(ちょっと待てよ)

侵入するのが困難なら、出ていくのもむずかしいことになる。逃げるタイミングを見計らって、どこかに潜んでいる可能性もあるのではないか。

(まだ、この部屋に……)

いやな予感がこみあげる。

慌てて寝室のなかに視線をめぐらせる。ベッドの陰ものぞきこむが、人影は見当たらない。念のためベッドから降りると、クローゼットの扉も開け放つ。しかし、とくに異常はなかった。

廊下に出てリビングに向かうが、寝る前と変わった様子はない。各部屋の窓もすべて閉まっているし、玄関ドアの鍵もかかっていた。

(ということは……)

ある考えが脳裏に浮かんだ。

時間が経つほどに昨夜の出来事が現実感を帯びてくる。しかし、愛華が侵入したとは思えない。そうなると、考えられるのはひとつだけだ。認めたくはないが、そうだとしか思えない。

全身の皮膚がゾワゾワと粟立っている。いやな汗がじんわりと噴き出して、胸の鼓動も速くなった。

（この感じは、やっぱり……）

いったん意識したことで、背すじがゾクゾクと寒くなる。

今、志郎が感じているのは、人ならざるものの気配だ。このマンションの一室には、なにかある気がしてならない。こうしている間にも、いやな予感は揺るぎない確信に変わっていく。

じつは志郎は昔から霊感が強く、見たくもないのに亡くなった人の姿、つまり幽霊が見えてしまうのだ。

とはいえ、基本的に怖がりで、自分の特殊な能力がいやで仕方なかった。子供のころは不意に幽霊を見てしまうことがよくあった。しかし、成長するにつれて自分の意志で霊感を抑えこめるようになり、日ごろは意識的に幽霊を見なくてすむようにしていた。

（でも、昨夜は……）

寝ぼけていたこともあり、夢と現実の区別がつかなかった。

さらには美しい女性に淫らな愛撫を施されて、冷静に考えることができなかった。でも、今なら落ち着いて思い返すことができる。彼女の強大な霊気の影響で金縛りに遭ったところを夜這いされたのだ。まさか幽霊があんなことをするとは思いもしない。はじめての経験で激しく動揺していた。

しかし、そう考えれば、愛華はすでにこの世の人ではない。こうして意識して思い出すと、認めたくはないが人ならざるものの気配をビンビン感じた。

亡くなっても成仏できなかった人が、幽霊となって現世を漂っている。成仏できないのは、この世に未練があるからだ。恨みや悲しみ、怒りなどネガティブな感情を抱えていることが多い。

志郎のように見える者に出会うと、幽霊はしつこくつきまとってくる。ヘタに言葉を交わせば、未練を断ち切る手伝いを頼んでくるため、できるだけ幽霊とはかかわらないようにしていた。

（でも、今回は……）

セックスをしてしまった。

まさか初体験の相手が幽霊になるとは想像すらしたことがない。これまで幽霊を避けて生きてきたのに、深くかかわってしまった。セックスしたことで、再び志郎の前に現れるのは間違いないだろう。

それにしても、愛華がどうして迫ってきたのか理解できない。少なくとも悪意は感じなかったが、なにしろ相手は未練を抱えた幽霊だ。なにを考えているのかわからず、恐ろしくてならなかった。

廊下の端に立ち、各部屋のドアに視線を向ける。すると、寝室のドアの隙間から、重苦しい空気が溢れているのを感じた。

昨日まではまったく気づかなかった。いつもは霊感を抑えているので、見すごしてしまったようだ。しかし、いったん能力を解放すれば、寝室から漂う怪しい気配をはっきり感じ取れた。

（どうしたらいいんだ……）

こうなると寝室には近づきたくない。

リビングのソファで寝るという手もある。とはいえ、優吾が帰国するまで、寝室に足を踏み入れないわけにもいかない。たまには空気の入れ換えをする必要もあるだろう。

気づくと出勤時間が迫っていた。すぐに着がえて出かけなければならない。そのとき、スーツが寝室のクローゼットにしまってあることを思い出した。

（やだな……でも、行くしかないか）

寝室のドアの前に立ち、レバーに手をかける。その瞬間、背すじに冷たいものが走った。

（この感じは、やっぱり……）

いる。

ドアを開けるのを躊躇して立ちすくむ。全身の皮膚がゾワゾワと粟立ち、いやな予感が胸にひろがった。

それでも、思いきってドアを開ける。窓から射しこむ朝の光で、寝室は明るく照らされている。しかし、空気が重くよどんでいるように感じるのは、決して気のせいではないだろう。

恐るおそる寝室に足を踏み入れる。さっと周囲を見まわすが、霊の類いは見当たらない。それでも、一秒でも早く寝室から出たい。急いでクローゼットに歩み寄り、取っ手をつかんだ。

背後が気になって振り返る。だが、なにもない。見られている気がして落ち着かず、胸の鼓動が異常なほど速くなっていく。

とにかく、スーツを取り出して、リビングで着がえるつもりだ。クローゼットの扉を開くと、吊ってあるスーツをハンガーごと手に取った。

「ひいッ」

その直後、裏返った声が漏れてしまう。

スーツを取り出したことで隙間が空いて、クローゼットの奥がよく見える。そこに白い長襦袢姿の女が立っていた。

黒髪をざっくり垂らしており、顔の大部分を覆っている。髪の隙間から濡れた瞳がのぞき、志郎をじっと見つめていた。異様にギラつく目が恐ろしい。顔はほぼ隠れているが、それでも昨夜の女性だとわかった。

今にして思うと、彼女が身につけている白い着物は長襦袢ではなく死に装束ではないか。それに気づくと、なおさら恐ろしくなった。

「見えるのね」

愛華が感情を抑えこんだ平坦な声でつぶやく。

幽霊とはかかわりたくない。しかし、昨夜、彼女とセックスしている。信じられないことに、幽霊を相手に童貞を卒業したのだ。今さら見えないフリをするのは無理があった。

昨夜、何度か心を読まれた気がした。幽霊のなかには勘が鋭いタイプもいるので、志郎の気持ちが伝わったのかもしれない。すべてを見透かされるわけではないが、嘘を見抜かれる可能性は高かった。

「わたしのこと、見えるんでしょう？」

再び愛華が口を開いた。

黒髪をかきあげると、暗く沈んだ表情が露になる。胸になにかを抱えこんでいるのだろう。この世に未練があるに違いなかった。

「ねえ、どうなの？」

「み、見えます……」

志郎は仕方なく震える声で答えた。

「よかった。話を聞いてほしいの」

愛華が両手をスーッと前に伸ばす。そして、おぼつかない足取りで、フラフラと前に出てきた。

「ちょ、ちょっと……」

思わずスーツを手にしたまま、あとずさりする。

膝が小刻みに震えて足がもつれそうだ。暑くもないのに全身の毛穴が開き、汗がどっと噴き出した。

「お、俺、会社に行かないと……」

志郎はそう言うと、寝室のドアに向かって走り出す。

「待って、待ちなさい」

背後から愛華の声が追ってくる。志郎は必死にドアレバーをまわすと、廊下に飛び出した。つかまったら、どんな目に遭うかわからない。そのまま全速力でリビングに駆けこんでドアを閉めた。

「な、なんなんだよ」

息が切れており、胸の鼓動は速いままだ。それでも、ドアを薄く開けて廊下を確認する。

愛華が寝室から出てくる様子はない。しかし、寝室のドアの隙間から怪しい空気が漏れていた。

(なにやってるんだ?)

しばらく警戒しながら見ていたが、物音ひとつ聞こえない。どういうわけか愛華は姿を見せなかった。

(もしかしたら……)

ある仮説が脳裏に浮かんだ。

愛華は寝室から出られないのかもしれない。生前に特別な思いがあった場所に現れる霊がある。いわゆる地縛霊《じばくれい》というやつだ。愛華は寝室に強い執着があるのではないか。

そうだとすれば、寝室から出られないのも納得できる。つまり、志郎は寝室に行かない限り、会うこともない。そう思うと少しだけ気が楽になった。

（やばい、もう行かないと）

時間を確認して、別の焦りがこみあげる。

愛華のことは気になるが、急いで出勤しないと遅刻してしまう。志郎は大慌てでスーツに着替えると、朝食も摂《と》らずに部屋を飛び出した。

2

（ああ、帰ってきちゃったよ）

志郎は夜空にそびえるタワーマンションを見あげて、心のなかでつぶやいた。

予定ではタワーマンションに引っ越したことで、毎日の帰宅が楽しみになるはずだった。ワクワク気分でエントランスを通り、コンシェルジュに笑顔で会釈してエレベーターに乗りこむつもりでいた。

ところが、初日から予定は狂ってしまった。

寝室に幽霊がいると思うと、恐ろしくてならない。少しでも帰宅する時間を送らせたくて、無駄な残業をしてしまった。

——ずいぶん熱心だな。でも、そろそろ帰れよ。

課長にうながされるまで、パソコンに向かっていた。

仕方なくタイムカードを押して会社をあとにする。そのあとは牛丼屋で晩飯を食べて時間をつぶした。とはいえ、長居できる店ではない。さらにどこかに寄ることも考えたが、結局は帰ることになる。少しくらい遅らせたところで意味はないと思って、渋々帰路についた。

時刻は午後八時をすぎたところだ。

志郎はエントランスに足を踏み入れると、オートロックの操作盤にキーを近づける。自動ドアが音もなく開き、カウンターのコンシェルジュがこちらに視線を向けた。

「ど、どうも……」

微笑もうとするが、緊張のあまり頬の筋肉がひきつってしまう。やはり慣れないことをするべきではない。

一方のコンシェルジュは表情を変えることなく、小さくうなずく。志郎のことは、優吾と奈緒が説明してくれたので把握しているはずだ。それなら、もう少し愛想よくしてもいいと思うが、必要以上なことは話さないスタンスなのかもしれない。アパートの管理人のおじさんとは違うのだろう。

エレベーターに乗り、五十五階で降りる。

廊下は人気がなく、シーンと静まり返っていた。隣室の人妻、香菜子に会いたいと思うが、都合よく出てくるはずもなかった。

(よし、入るか……)

いちいち気合を入れないと前に進めない。解錠すると、玄関ドアをゆっくり開いた。

セキュリティのアラームが鳴り響くなか、明かりをつけて廊下を見わたす。寝室の前の空気がよどんでいる以外は、朝と変わったところはない。革靴を脱いでリビングに向かうと、セキュリティシステムを解除した。

やはり愛華は寝室から出られないのだろう。志郎が出かけている隙に出歩いた形跡はなかった。

(まいったな……)

ソファに腰かけると、思わずため息が漏れた。

愛華を無視するわけにはいかない。いっさい交流がなければ、気づかなかったフリもできる。しかし、言葉を交わしただけではなく、セックスまでしているのだ。しかも、志郎の童貞を捧げた相手だ。深くかかわってしまった以上、放っておくことはできなかった。

志郎はリビングでスーツからスウェットに着がえて、寝室に向かう。ドアの前に立つだけで、溢れ出る霊気が感じ取れた。

（ううっ、この感じ……）

間違いなく、このドアの向こうに霊がいる。

朝の段階では、少なくとも志郎に対しての悪意は感じなかった。しかし、なにか伝えたいことがあるようだ。

——話を聞いてほしいの。

確かそう言っていた。この世に未練があるのだから、きっとなにかを頼むつもりなのだろう。

（面倒なことじゃなければいいけど……）

そう願うが、おそらく面倒なことだと思う。

わかっているから、ドアを開くのを躊躇する。気合を入れると、ドアレバーをつかんでそっとまわした。

「し、失礼します……」

声をかけながらドアを開ける。

幽霊に挨拶するのもおかしい気がしたが、志郎より愛華のほうがここに長く住んでいる。いや、住み着いていると言うべきだろうか。とにかく、志郎が新参者なのは確かだった。

寝室のなかはまっ暗だった。手探りで壁のスイッチをオンにすると、眩い光が室内を照らした。

「うわっ!」

とたんに志郎は大きな声をあげてしまう。

ベッドに白い着物姿の女がぽつんと腰かけていた。うつむいて黒髪をざっくり垂らしているが、愛華に間違いない。肩が微かに震えているので、泣いていたのだろうか。

「どうして、そんな驚いた声をあげるの?」

愛華が不思議そうにつぶやいた。顔をゆっくりあげると、やはり瞳が涙に濡れていた。

「す、すみません。どうも幽霊が苦手で……」

つい本音を口走ってしまう。言った直後にまずいと思うが、愛華は気を悪くした様子はなかった。

「あなたは昔から見えているのでしょう。今さら怖がることないじゃない」

愛華の言いたいことはわかる。実際、志郎は物心ついたときから幽霊が見えていた。

「でも、あまりかかわらないようにしてきたんです」

「どうして?」

「だって……怖いじゃないですか」

少し迷ったが、今さら嘘をついても仕方がない。思っていることを正直に伝えた。

「わたしも、怖いの?」

愛華が小首を傾げて、淋しげにつぶやく。

すでに亡くなっていても、女性であることに変わりはない。怖いなどと言って傷つけてしまったかもしれない。

「い、いえ、冷静に考えると、愛華さんは怖くないです。俺にとっては、はじめての女性ですから……さっきはベッドに座っていると思わなかったから、つい大きな声をあげてしまいました」

志郎は慎重に言葉を紡いだ。

まったく怖くないと言えば嘘になる。しかし、これまで出会ってきた幽霊とは違う感じがするのも事実だ。単にセックスしたせいかもしれないが、特別な感情が芽生えていた。

「そう……やさしいのね」

愛華は淋しげに微笑むと、自分が腰かけている隣をポンポンと軽くたたく。

「こっちに来て座りなさいよ」

そう言われたとたん、緊張で体が硬くなる。

できることなら、あまり近づきたくなかった。昨夜は知らなかったからセックスできたが、幽霊だとわかっていたら勃起しなかったかもしれない。どんなに美人でも、愛華はこの世の人ではないのだ。

「早く来て」

「は、はい……」

ロボットのようにぎくしゃく歩いて、隣に腰をおろす。あえて少し距離を空けるが、愛華が腰を浮かしてすぐ近くに座り直した。

肩と肩が触れ合うことで、さらに緊張が増幅する。わざわざ距離を取るわけにもいかず、志郎は顔をうつむかせた状態で全身を硬直させた。

「やっぱり、怖いのね」

愛華が残念そうにつぶやく。そして、小さく息を吐き出した。

「そうよね。だって、わたし、死んでるんだもの……」

そんなことを言わせてしまって、申しわけないと思う。しかし、怖いものは怖いのだから仕方がない。

それでも、愛華が質の悪い幽霊ではないとわかってほっとする。

幽霊のなかには、自分が亡くなっていることに気づいていない者もいる。その手の幽霊は死を受け入れられないので、いつまでも現世を漂いつづけて、やがて悪霊に変化していく。そして、悪さをするようになるのだ。

「わたし、半年前にこの部屋で死んじゃったの。寝ているとき、急に胸が苦しくなって、そのまま……」

愛華がぽつりぽつりと語りはじめる。

半年前まで、愛華はこの部屋に住んでいた。しかし、急性心不全で亡くなってしまったという。

「まだ二十九歳だったのよ。急に死ぬなんて思わないでしょ。あんまりよ！」

急に愛華が大きな声をあげる。

志郎は思わず肩をビクッとすくませて、喉もとまで出かかった悲鳴をなんとかこらえた。

「キミはいくつなの？」

ふいに話を振られて困惑する。幽霊に素性を知られたくないが、黙っていると怒り出すかもしれない。それに心を読まれる可能性もあった。

「二十三です……」

「若いのね。名前をまだ聞いてなかったわ」

次々に質問される。嘘をつくと危険な気がして、正直に名前や職業などを答えるしかなかった。

「人間ドックは受けたほうがいいわよ」

「はい？」

反射的に聞き返してしまう。まさか幽霊から人間ドックを勧められるとは思いもしない。

「だって、わたしみたいに急に死んじゃうこともあるんだから」

「会社で定期検診があるので……」

「あっ、そうか……そうよね。普通の人はそうなのよね」

愛華のテンションが急激に低下する。

「わたし、会社勤めじゃなかったから……ある人の愛人だったの。その人にお金を出してもらってここに住んで、スナックを経営していたのよ」

「へ、へえ……」

幽霊の身の上話など聞きたくない。だが、耳をふさぐことはできず、相づちを打つしかなかった。

「彼はこのマンションを管理している兼丸《かねまる》不動産の社長なの。近いうち、奥さんと別れて、わたしと結婚してくれるって言ってたのに……」

愛華が客として不動産屋を訪れたとき、社長の兼丸隆也《たかや》と出会ったという。

それから三年に及ぶ不倫関係がスタートした。ところが、社長が出張中で会えないとき、愛華は部屋で亡くなってしまった。

「きっと罰が当たったのね。不倫なんてしていたから……」

声がどんどん小さくなっていく。そして、ついには顔をうつむかせて、真珠のような涙をポロリと落とした。

「わたしが死んでから、隆也さんは一度もここに来ていないのよ」

ひどく淋しげな声だった。

愛華の未練は、きっと不倫相手のことだろう。今でも会いたいと願っているのではないか。

「自分から会いに行きたくても、寝室から出られないの。来るかどうかもわからないのに、ただ待っているしかないのよ」

苦しい胸のうちを吐露して、愛華は再び涙を流した。

寝室から出られないのは、ここで亡くなったからなのか、もしくは隆也とこの部屋で過ごした時間が長くて思い出が染みついているからなのか。いずれにしても、成仏できないまま寝室を漂っていたのだろう。

（でも、俺にはどうすることも……）

気の毒だとは思うが、手伝えることはなにもない。やはり幽霊にはかかわりたくない気持ちが強かった。

「どうして、黙ってるの？」

愛華が顔をのぞきこんでくる。しかし、志郎はなにも答えることなく、視線をすっとそらした。

「やっと、わたしのことが見える人に会えたと思ったのに……」

その言葉ではっとする。

優吾が入居してから、愛華はときどき現れていたのではないか。しかし、優吾は超現代的なリアリストだ。しかも、超多忙で留守がちだったと聞いている。おそらく愛華の存在にはまったく気づかなかったに違いない。

(優吾のやつ、幽霊とかまったく信じてないからな)

幼なじみなので、優吾の性格はわかっている。

科学で説明がつかないことは信じないタイプだ。それでも、今にして思うと気になることを言っていた。

――ときどき、ヘンな物音がするんだよな。

――家鳴りだろうな。気温や湿度の影響で建材が軋むんだよ。

――でも、住み心地はいいし、タワマンにしては家賃が安いんだ。

当時は聞き流していたが、愛華と関係があるとしか思えない。

ヘンな物音というのは家鳴りではなく、愛華が自分の存在に気づいてもらいたくて音を立てたのだろう。いわゆるラップ音というやつだ。タワマンなのに家賃が安いのは、ここで人が亡くなった事故物件だからだ。

おそらく、入居の際に説明を受けたはずだ。しかし、優吾はたいして気にしていなかったに違いない。それどころか、すぐに忘れてしまった可能性も高い。だから、志郎に説明しなかったのだ。

(困ったな……どうすればいいんだ)

志郎は隣をチラリと見やった。

愛華はがっくりとうつむき、すすり泣きを漏らしている。やっと自分のことが見える人に会えたのに、非協力的で悲しんでいるに違いなかった。

「あ、あの……昨夜はどうして、あんなことを?」

懸命に話題を探して語りかける。

夢のなかの出来事だと思いこんでいたが、セックスしたのは事実だ。初対面にもかかわらず、なぜか愛華は志郎に迫ってきたのだ。

「どうしても抑えが利かなかったの」

愛華はそう言って、自嘲的な笑みを浮かべる。その表情がひどく淋しげで、志郎はまたしても言葉を失った。

「うれしかったのよ。志郎がわたしに気づいてくれたのが……」

亡くなってからの半年間、誰とも言葉を交わすことができずにいた。なにしろ寝室から出ることができないので、ずっと孤独だったという。

「でも、あんなことしなくても……」

「もしかして、いやだった？」

「そ、そんなはず、むしろ最高でしたけど……」

つい本音を口走り、直後に顔がカッと熱くなる。相手は幽霊とはいえ、初体験の快楽は一生忘れられない強烈なものだった。

「生きてるときは自分から押し倒したことなんてなかったんだけど、昨日はうれしさのあまり襲っちゃったのよね」

愛華は首を傾げてつぶやいた。どうやら、自分で自分の行動が理解できていないようだ。

だが、志郎はこれまで多くの幽霊を見てきた。その経験上、人は亡くなると感情の起伏が激しくなることを知っている。抑えが利かなくなり、唐突に大声で怒り出したかと思えば、次の瞬間には泣きわめいたりするのだ。

愛華は生前、この寝室で不倫相手と情事に耽っていたのだろう。だから、志郎に気づいてもらえた喜びとともに、その思い出がよみがえり、性欲が暴走したのかもしれない。

「愛華さんは、これからどうしたいんですか？」

慎重に言葉を選びながら問いかける。

かかわってしまった以上、成仏する手伝いをするしかないだろう。とはいっても、志郎にできることなど高が知れている。むずかしいことを言われたら、なんとかして断るつもりだ。

「まったく予想していなかった最期だから、心が整理できていないのよ。とにかく、惨めで、悲しくて、淋しくて……」

愛華はそう言うと、睫毛を静かに伏せる。

どうやら、さまざまな感情が入りまじっているらしい。自分でも成仏できない理由がわかっていないようだ。

「隣の奥さんに会った？」

「青山さんですね。会いましたよ」

志郎は隣室の美しい人妻、香菜子の顔を思い浮かべた。

「廊下でたまに見かけていたけど、いつ会っても幸せそうで気に食わなかったのよね。あの女を連れてきてくれないかしら」

自分は不倫相手と結婚できずにいたが、香菜子は幸せな結婚生活を送っているように見えたらしい。最初はうらやましく思っていたが、いつしか嫉妬を覚えるようになっていたという。

「会って、なにをするつもりですか？」

「ちょっと文句を言ってやりたいだけよ。人に幸せを見せつけてたんだから、ひと言くらい構わないでしょ」

「でも、青山さんには、愛華さんが見えないかもしれませんよ」

どう考えても危険な気がする。こういうことを言い出すから、幽霊とはかかわりたくなかったのだ。

「そんなの連れてこないとわからないじゃない。とにかく、今すぐに連れてきなさい」

「い、いや、でも……」

「言うことを聞かないと、いつまで経っても成仏しないわよ！」

愛華が怒りにまかせて大声で言い放つ。金属的なキーンッという音が響きわたり、窓ガラスが今にも割れそうなほどビリビリ震えた。

香菜子はなにも悪くないが、愛華を説得できるとは思えない。これ以上、怒らせるとさらに面倒なことになりそうだ。不安でたまらないが、香菜子を連れてくるしかなかった。

3

志郎は迷ったすえ　隣の552号室の前に立っていた。

時刻は午後九時前だ。約束もなしに訪問するには遅い時間で、警戒されるに決まっている。しかも、香菜子とは一度挨拶したきりだ。この時間なら旦那も帰宅しているのではないか。当然ながら部屋に連れこむのはむずかしい。

とはいえ、愛華を怒らせたままにしておくのも恐ろしかった。とりあえずチャレンジすれば、無理でも納得してくれるのではないか。

声をかけたが断られたと嘘をつくことも考えた。しかし、愛華は鋭いところがある。それに志郎はそもそも嘘が苦手なので、実際に声をかけなければ簡単に見抜かれる気がした。

（やるしかない……）

心のなかで自分に言い聞かせると、インターホンのボタンをそっと押す。

ピンポーンッという電子音が静かな廊下に響き、一拍置いてスピーカーから返事があった。

「はい……」

香菜子の声だ。突然の訪問に驚いているのが、短い声から伝わった。

「こ、こんばんは。遅くにすみません、隣の小山田です」

緊張しながら名乗り、相手が見えないのに頭をさげる。すると、その姿がモニターに映っていたらしく、香菜子がクスッと笑った。

「どうかされましたか?」

「あ、あの、突然ですが、お茶でもどうでしょうか」

そんな誘いに乗ってくるはずがない。わかってはいるが、部屋に連れこむ理由がなにも思い浮かばなかった。

「お茶、ですか?」

明らかに警戒している。

おかしなやつだと思われたかもしれない。これから先、隣人として暮らすことを考えたら気が重くなった。

「お、お隣さんなので、仲よくできたらと思いまして……」

焦るあまり声が思いきり震えてしまう。早々に立ち去りたくなるが、自分から訪ねた以上、そういうわけにもいかない。

「よ、よろしければ……だ、旦那さんもごいっしょに……」

少しでも警戒心を解きたくて、とっさに思いついたことを口走る。

優吾から隣の旦那は感じが悪いと聞いていた。おそらく、誘いに乗ることはないだろう。とにかく、下心がないことを伝えたかっただけだ。しかし、香菜子はなにも答えず、ばつの悪い沈黙が流れた。

「で、でも、もう遅いですよね」

いたたまれなくなり、話を打ち切ろうとする。

きっと人妻を誘うヘンな隣人だと思われたに違いない。今さらなにを言ったところで、挽回することはできないだろう。

「そういうことでしたら、お邪魔してもよろしいですか」

一瞬、自分の耳を疑った。

スピーカーから聞こえたのは意外な言葉だ。どういうわけか、香菜子は了承してくれた。もしかしたら、旦那も誘ったのがよかったのかもしれない。

「お待たせしました」

ほどなくしてドアが開き、香菜子が姿を見せた。

グレーのゆったりしたスカートに白い長袖Tシャツという服装だ。胸もとのふくらみに視線が吸い寄せられそうになり、慌てて顔をそむけた。

「あの、旦那さんは？」

香菜子がドアを閉めて鍵をかけたので、不思議に思って問いかける。

「出張中で留守なんです」

「あっ、そうなんですか」

答えた直後に疑問が湧きあがった。

てっきり旦那といっしょだから、志郎の誘いを受けてくれたのだと思っていた。ところが、香菜子ひとりだという。隣とはいえ、まだよく知らない男の部屋を訪れることに抵抗はないのだろうか。

「おひとりでも、よろしいのですか？」

「せっかくのお誘いですので」

香菜子はそう言って、にっこり微笑んだ。

警戒されていると思ったのは気のせいだったかもしれない。それどころか、まるで無防備に見える。タワーマンションに住んでいるセレブというのは、もしかしたら世間知らずのお嬢さまが多いのだろうか。

「で、では、どうぞ……」

思いがけない展開にとまどってしまう。

まさか香菜子が本当に誘いに乗るとは思いもしない。志郎は慌てて551号室に向かうと、ドアを開け放った。

「お邪魔します。やっぱり造りは同じなんですね」

香菜子が玄関に足を踏み入れる。そして、どこか楽しげにあたりをぐるりと見まわした。

（大丈夫かな……）

誘っておきながら不安がこみあげる。

寝室のドアに視線を向ければ、隙間から黒い空気が溢れていた。愛華の霊気に違いない。色がどんどん濃くなり、心なしか胸が苦しくなる。直感で寝室に近づくのは危険だと思う。

まずはリビングに案内してソファを勧める。

キッチンに向かうとやかんを火にかけながら、棚を片っ端から開けていく。お茶に誘ったのはいいが、飲み物を用意していなかった。優吾がなにか買い置きしていることを祈った。

「すみません、ちょっと待ってください。ここは幼なじみが借りている部屋でして、まだ完全に把握していないんです」

「お気遣いは無用ですよ」

香菜子はやさしい言葉をかけてくれるが、なにも出さないわけにはいかない。

(おっ、これでいいか)

紅茶のティーバッグとクッキーの缶を発見した。とりあえず、これで格好がつくだろう。

ティーカップとクッキーを載せた皿を運び、ガラステーブルに置く。ソファに腰かけていた香菜子が微笑んで会釈する。その直後、どこかでガタンッと大きな音がした。

(なんだ?)

はっとして視線をめぐらせるが、変わったところはない。おそらく、音の発生源は寝室だ。

「どなたか、いらっしゃるんですか?」

香菜子も不思議そうな顔をしている。

音は彼女の耳にもしっかり届いていた。だが、まさか幽霊が発したとは思っていない。志郎のほかにも誰かがいると思っているようだ。

「い、いえ、誰も……なにか落ちたのかな?」

ごまかそうとするが、またしてもガタンッという大きな音が響いた。

愛華が怒っているのかもしれない。香菜子を寝室に連れてこいと言われている気がした。

「たぶん寝室です。ちょっと見てきます」

志郎は慌ててリビングをあとにする。すると、なぜか香菜子がついてきた。

「わたしもいっしょに行っていいですか」

怯えた顔になっている。不審な音を耳にして、怖くなったらしい。きっと、ひとりになりたくないのだろう。

(まずいな……)

来るなと言うのも不自然だ。

必死になって考える。愛華は寝室から出ることができないのだから、なかに入らなければ香菜子は安全なはずだ。

「散らかってるから、絶対に入っちゃダメですよ」

強い口調で念を押す。

本当はきれいだが、理由をつけて香菜子が足を踏み入れないようにしなければならない。愛華が嫉妬しているだけで、香菜子はなにも悪くないのだ。断りきれずに連れてきたが、攻撃させるわけにはいかなかった。

寝室のドアをそっと開ける。

とたんに重苦しい空気がどっと溢れた。壁のスイッチを探り、寝室の明かりをつける。すると、思いがけない光景がひろがっていた。

ベッドからマットレスが落ちており、枕と毛布、それにシーツが散らばっている。クローゼットに整然と吊られていた優吾のスーツまで、なぜか床に散乱していた。

(な、なんだ、これは……)

志郎は寝室の入口に立ちつくす。すると、愛華がなにもないところからフーッと浮かびあがり、すぐ目の前に現れた。

「ずいぶん遅かったじゃない。すぐに連れてきなさいよ」

明らかに機嫌が悪い。目が吊りあがっており、今にもつかみかかってきそうな雰囲気だ。

「い、いや、これには事情が……」

迫力に気圧されて言いよどむ。そのとき、香菜子が隣から寝室をのぞいて息を呑んだ。

「本当に散らかってますね」

そう言われても、志郎には答える余裕がない。愛華に眼光鋭くにらまれて、身動きができなかった。

「事情っておっしゃってましたけど、どんな事情があったんですか？」

香菜子が不思議そうにつぶやいた。

先ほど志郎の発した言葉が、自分に向けられたものだと思っている。やはり香菜子には愛華が見えていないのだ。

「その女に会うたび、頭に来てたのよ。結婚してタワーマンションに住んで、わたしに幸せを見せつけてたんだから」

愛華が苛々した口調でまくし立てる。

しかし、その声は香菜子に聞こえていない。当然ながら無反応だが、それが怒りを増幅させる。ついには床に落ちている枕やスーツを拾いあげて、こちらに向かって投げつけた。

「えっ、な、なに？」

香菜子が怯えた声をあげる。

なにしろ愛華の姿が見えていないので、物が勝手に宙に浮きあがり、飛んできたと思っているのだ。彼女にとっては怪奇現象以外のなにものでもない。なにが起きているのか、まったくわかっていないはずだ。

「悔しいっ、どうして、わたしは幸せになれなかったのよ！」

「うわっ、や、やめろっ」

愛華は落ちている物を手当たりしだいに投げつける。志郎は反射的に言い返すが、慌てて口をつぐんだ。

幽霊が見えることは、人に話さないようにしている。信じてもらえないだけならまだいいが、変人あつかいされるのはいやだった。

やがて、ピシッ、パチッという、なにかが弾けるような音が響きはじめる。激しいラップ音だ。しかも、音はどんどん大きくなっていく。もしかしたら、愛華の苛立ちが頂点に達したのかもしれない。

「い、いや、怖いです」

香菜子が志郎の腕をつかんで震え出す。その間も愛華は怒りにまかせて服を投げつけていた。

（これ以上は危険だ）

寝室に入らなくても危害が及ぶかもしれない。これ以上、愛華が暴れたら、なにが起きるかわからなかった。

「さがってください」

志郎は香菜子を寝室から遠ざけると、必死にドアを閉じた。

ドアを内側からドンドンドンッと激しくたたく音が聞こえる。しかし、愛華にはドアを開けられないらしい。とりあえず危機を回避することはできたが、まだ安心はできなかった。

「な、なんだったんですか？」

香菜子は腰を抜かして、廊下の隅にうずくまっている。顔から血の気が引いており、紙のように白くなっていた。

「お、俺にもよくわかりません。引っ越してきたばっかりなんで……」

真実を告げれば、さらに怖がらせることになる。なにが起きたのかわからないで押し通すしかなかった。

「送ります。立てますか？」

志郎が声をかけると、香菜子は今にも泣き出しそうな顔で首を左右にゆるゆると振る。

「ご、ごめんなさい、立てません」

どうやら、足腰に力が入らないらしい。

先ほどの寝室での現象を思い返せば、香菜子が怯えるのは当然だ。愛華の姿は見えなくても、服が勝手に宙に浮いて飛んできたのだ。しかも、ラップ音まで聞こえたら、霊感のない人は怖くて仕方がないだろう。

志郎は香菜子を立ちあがらせると肩を貸した。自然と身体が密着してドキリとする。彼女の体温が伝わり、瞬く間に胸の鼓動が速くなった。

4

（なんか、おかしなことになったな……）

志郎は思わず心のなかでつぶやいた。

当初の予定とは、まったく異なる展開になっている。なぜか逆に香菜子の家にお邪魔して、リビングのソファに腰かけていた。

香菜子を551号室の前まで送ったが、足もとがおぼつかないのでリビングまで連れていった。すると、怖いからしばらくいっしょにいてほしいと懇願されたのだ。

(俺も怖かったけど……)

事前に愛華の存在を知っていたので、なんとか恐怖に耐えられただけだ。

しかし、出会ったときに、いきなり怒りを露にされたら、走って逃げ出していたかもしれない。身の危険を感じるほど、愛華は激しく乱れていた。

「大丈夫ですか？」

隣に座っている香菜子に声をかける。

ずっと震えていたが、ようやく落ち着いてきたらしい。チラリと見やれば、とりあえず震えはとまっていた。

「なんとか……」

「じゃあ、俺はこれで……」

志郎は腰を浮かしかける。すると、香菜子が慌てた様子で腕をつかんだ。

「待ってください。ひとりにしないで」

不安げな瞳を向けられてはっとする。

震えは治まってはいるが、まだ動揺は収まっていない。あれほどの怪奇現象に遭遇したのだから、そう簡単に立ち直れるはずがなかった。

「さっきのは、なんだったのでしょうか？」

また恐怖がよみがえったのか、香菜子が身体をぴったり寄せてくる。腕をしっかりつかまれて、肘が乳房のふくらみにめりこんだ。

（そ、そんなにくっつかれると……）

いけないと思っても、どうしても意識してしまう。

幽霊とセックスしたことはあるが、生身の人間とはまだ経験がない。こうして密着しているだけでドキドキしてしまう。

「あれって霊現象ですよね？」

「そ、そうでしょうか。俺はそういうの信じてないんで……」

「そういえば、半年くらい前に、あの部屋に住んでいた方が亡くなっているんです。そのことが関係しているのでしょうか」

核心に迫る指摘にドキリとする。しかし、同意するわけにはいかない。

「か、関係ないと思いますけど……」

あくまでもとぼけるつもりだ。

愛華の幽霊に嫉妬されていることなど言えるはずがない。ここは霊感がないフりを貫き通すしかなかった。

「でも、いろんな物が飛んできたじゃないですか」

「ですよね……」

ついうなずいてしまうが、同意している場合ではない。うまくごまかす方法はないだろうか。

「そ、そうだ。窓を開けっぱなしにしていたから、風でいろいろ飛んでしまったのかも……」

「そんなこと、あるでしょうか。ウチは一度もありませんけど……」

「へ、部屋の向きの関係じゃないですかね。そういえば、あいつ、強風で困ってるって言ってたな」

自分で言っておきながら、ひどい言いわけだと思う。こうなったら話題を変えて、なんとかやり過ごすしかないだろう。

「そ、そういえば、旦那さんは出張中なんですよね。どんなお仕事をされているのですか？」

いくらなんでも唐突だったと思う。一瞬、妙な間が空いてしまうが、香菜子も話題を変えたいと思っていたのかもしれない。志郎の腕にしがみついたまま、静かに口を開いた。

「医者です」

「それじゃあ、出張っていうのは、学会とかですか?」

医者のことはよくわからないが、なんとか話をひろげようとする。霊現象から話題をそらしたくて必死だった。

「わたしには出張と言っていますが、たぶん違います」

香菜子の表情がふっと曇る。

「うちの人、浮気をしているんです」

なにやら、おかしな流れになってきた。香菜子は瞳を潤ませて、ぽつりぽつりと夫のことを語りはじめた。

ふたりの出会いは三年前にさかのぼる。

香菜子が三十二歳のとき、風邪を引いて病院を訪れた。そのときの担当医が今の夫だという。それがきっかけで交際をはじめて、半年後に結婚した。ＯＬだった香菜子は、仕事を辞めて家庭に入ったという。

(ちょうどひとまわり年上か……)

彼女の話を聞きながら、無意識のうちに年齢を計算していた。

三年前に三十二歳ということは、今、香菜子は三十五歳で、志郎のひとまわり年上ということになる。それを意識すると、ほのかに成熟した色香が漂っている気がした。

結婚当初は家事も楽しかった。夫のために掃除をしたり、料理を作ったりすることに喜びを感じていた。しかし、幸せは長くつづかなかった。一年ほど前から急に夫は学会のための出張が増えたらしい。

「態度もよそよそしくて、なにかおかしいと思っていました」

それでも夫を信じたい気持ちが強かった。

ところが先週、買い物に出かけたとき、夫が若い女性と腕を組んで歩いている現場を偶然目撃した。あとをつけると、ふたりは公園で口づけを交わしたという。

さすがに我慢できず、その場で夫に声をかけた。女はすぐに逃げたが、夫はしどろもどろになった挙げ句、怒り出したらしい。

——なにをコソコソ嗅ぎまわってるんだ！

浮気をしておきながら、逆ギレしてごまかそうとしたのだ。

「夫が素直に謝ってくれれば……でも、あんな態度を取られたら……」

香菜子の声は消え入りそうなほど小さくなる。

離婚をするつもりはないが、夫の態度に傷ついたという。悲しみがこみあげたのか、香菜子は顔をうつむかせて肩を小刻みに震わせる。そんな彼女を見ていて気の毒になった。

「きっと、まだ別れていないと思うんです。今日も出張だと言って……、あの女の人と……」

「ひどいですね」

かける言葉が見つからず、志郎はそれきり黙りこんでしまう。

愛華の目には幸せいっぱいの夫婦に映っていたようだが、実際は夫が浮気をしていた。幸せどころか、夫婦仲は危険な状態だ。このままでは離婚もあり得るかもしれない。

(それなのに、愛華さんに嫉妬されて、脅かされて……)

すすり泣きを漏らす香菜子を見て、ますます胸が痛んだ。

「俺にできることがあれば言ってください」

なにもできないと思うが、慰めるつもりで声をかける。すると、香菜子が顔をあげて、濡れた瞳で見つめてきた。

「ひとつだけ、お願いしてもいいですか?」

「はい、なんでもどうぞ」

つい調子のいいことを言ってしまう。

香菜子を元気づけたい一心だった。まさか、すぐに後悔することになるとは思いもしなかった。

5

(どうして、こんなことに……)

志郎は緊張の面持ちで、ダブルベッドに腰かけていた。

ここは夫婦の寝室だ。しかも、サイドテーブルのスタンドだけが灯り、飴色のムーディな光が室内を照らしている。そして、香菜子が目の前に立ち、意味深な瞳で見つめているのだ。

リビングで話を聞いたあと、香菜子は意を決したように志郎の手を取り、寝室へ連れこんだ。

(これじゃあ、完全に逆じゃないか)

予想外の展開になっている。

愛華に命じられて、香菜子を寝室に連れていくはずだった。それなのに、なぜか志郎が寝室に連れこまれていた。

「抱いてください」

香菜子が遠慮がちにささやく。そして、腕をクロスさせて長袖Tシャツの裾を摘まむと、ゆっくりまくりあげる。そのまま頭から抜き取り、白いレースのブラジャーが露になった。

乳房がカップで寄せられて、白い谷間を形成している。腰が細く締まっているため、なおさら乳房の豊かさが強調されていた。

さらにスカートもおろして脱ぎ去れば、ブラジャーとセットの白いパンティが現れる。股間に密着しているので、恥丘のふくらみが感じ取れた。

「な、なにを……」

志郎は慌てて声をかけるが、視線は女体からそらせない。

香菜子は人妻だ。いけないと思いつつ、これからなにが起きるのか、期待がどんどんふくらんでいた。

「夫とやり直したいんです。でも、このままだと向き合えません。だって、夫は若い女の人と浮気をしているんですよ」

「だからって……」

「許したい気持ちはあるんです。だから、夫と同じことを……」

香菜子の瞳には涙が滲んでいる。

自分も浮気をすることで、夫を許そうとしているのだろうか。いや、夫への当てつけのつもりかもしれない。とにかく、自分も浮気をしたうえで、あらためて話し合いをするつもりなのだろう。

香菜子は両手を背中にまわしてブラジャーのホックを外す。とたんにカップを弾き飛ばして、ボリューム満点の乳房がプルルンッとまろび出た。

（おおっ、で、でかいっ）

思わず腹のなかで唸った。

愛華もかなりのサイズだったが、さらにひとまわり大きい。釣鐘形の見事な乳房だ。先端では紅色の乳首が揺れている。緊張しているせいなのか、すでに硬く隆起していた。

生唾を飲みこむ志郎の前で、香菜子はパンティに指をかけて引きさげる。片足ずつ持ちあげると、つま先からスッと抜き取った。

（か、香菜子さんが……）

瞬《まば》きするのも忘れて女体を凝視する。

これで香菜子が身に纏《まと》っている物はなにもない。

恥丘を彩る陰毛は、自然な感じで生い茂っている。淑やかな人妻だけに、生まれたままの姿になったインパクトは強烈だ。たっぷりとした乳房も、もっさりとした陰毛も、なにもかもが牡の欲情を煽り立てた。

「そんなに見られたら、恥ずかしいです」

香菜子が視線をそらして、腰をもじもじくねらせる。自分で脱いでおきながら、顔をまっ赤に染めて照れていた。

本来、男を誘惑するタイプではないのだろう。もしかしたら、今回がはじめてかもしれない。羞恥をごまかすように志郎の目の前にしゃがみこみ、スウェットパンツのウエスト部分に指をかけた。

「お尻を浮かせてください」

香菜子の言葉に期待が高まる。

言われるまま尻をシーツから浮かせると、スウェットパンツとボクサーブリーフがいっしょに引きさげられた。そのまま脚から抜かれて、志郎は下半身裸になる。女体を目にしたことで勃起しているペニスが、鎌首をブルンッと振って剝き出しになった。

「ああっ、すごい」

香菜子が思わずといった感じでつぶやき、恥ずかしげに肩をすくめる。

「久しぶりなんです……」

そのひと言で、なんとなくわかった。

おそらく、夫は浮気相手に夢中で、妻を見向きもしなかったのだろう。夫婦の夜の営みもなく、淋しい思いをしていたに違いない。屹立した肉棒を目にしたことで、忘れかけていた女の情欲に火がついたのではないか。

「お、俺、あんまり経験がなくて……」

がっかりされるのがいやで、予防線を張るつもりで告白する。

実際のところ、あんまりどころか生身の人間を相手にしたことがない。初体験は幽霊で、たったの一度きりだ。しかも、志郎は金縛りに遭っており、されるがままだった。

ひとまわり年上の人妻を満足させられるはずがない。考えれば考えるほど、不安になってしまう。

「気にしないでください。大丈夫ですから」

香菜子はやさしい言葉をかけると、目の前にひざまずいた状態で、志郎の股間に顔を寄せる。

「えっ、ちょ、ちょっと……」

とまどう志郎を無視して、両手をペニスの両脇に添える。そして、亀頭の先端にチュッと口づけした。

「うっ……」

その瞬間、思わず声が漏れてしまう。

唇が軽く触れただけだが、甘い刺激がひろがった。ペニスがピクッと跳ねあがり、彼女の唇から逃げてしまう。しかし、すぐに白くて細い指が黒光りする太幹に巻きつき、張りつめた亀頭をぱっくり咥えこんだ。

「はむンンっ」

香菜子の鼻にかかった声が聞こえて、同時に柔らかい唇がカリ首に密着する。

「くううッ」

やさしく締めつけられると、腰にブルルッと震えが走った。

(そ、そんな、まさか……)

志郎は激しく動揺していた。

股間を見おろせば、信じられないことに人妻がペニスを頬張っている。いつか体験したいと思っていたフェラチオを施されているのだ。

ただ咥えているだけではない。熱くて蕩けそうな舌が、亀頭の表面を這っている。まるで飴玉をしゃぶるように、ヌルリッ、ヌルリッとねぶりながら唾液を塗りつけていく。

（き、気持ちいいっ、こんなに気持ちいいのかっ）

思わず心のなかで叫んでいた。

想像をはるかにうわまわる快感だ。少し舐められただけなのに、先走り液がどんどん溢れている。それでも香菜子はいやがるそぶりを見せないどころか、首をゆったり振りはじめた。

「ンっ……ンっ……」

微かに鼻を鳴らしながら、柔らかい唇で太幹をしごきあげる。

唾液と先走り液が潤滑油となり、なめらかに滑る感触がたまらない。一気に快感がふくらみ、早くも腹の底から射精欲が湧きあがった。

「そ、そんなことされたら……ぐううッ」

志郎は慌てて尻の筋肉を締めつけて、快感を耐えようとする。しかし、香菜子はますます首振りのスピードをあげてしまう。

「あふッ……むふッ……はむンッ」

甘い声とともに、唇をねちねちとスライドさせる。愉悦の波が次々と押し寄せて、我慢汁が大量に溢れ出した。

「ま、待って……ううウッ、待ってくださいっ」

両脚をつま先までつっぱらせて懸命に訴える。

なにしろ、これが初めてのフェラチオだ。全身の筋肉を硬直させて、暴走しそうな射精欲を抑えこむが、そう長くは持ちそうにない。これ以上つづけられたら口のなかで暴発してしまう。

「で、出ちゃいますっ」

志郎が叫ぶと、ようやく唇がスッと離れて解放される。

危ういところで暴発は免れた。しかし、絶頂寸前まで高められた快感が宙ぶらりんになっている。太幹には稲妻のような青スジが浮かび、雄々しく反り返っていた。

「ああっ、素敵です。小山田さんのオチ×チン」

香菜子は喘ぎまじりにつぶやき、唾液と我慢汁にまみれた肉棒を指でヌルヌルとしごいている。

ペニスをしゃぶったことで、熟れた身体が疼きだしたのかもしれない。うっとりした表情を浮かべて、腰を右に左にくねらせている。見あげてくる瞳は、物欲しげに濡れていた。

「わたし、もう……」

香菜子はベッドにあがると、仰向けに横たわる。熟れた女体は発情しているせいか、強烈な熱気と色香を放っていた。

「こんなことするの、はじめてなんです」

言いわけのようにつぶやくが、香菜子の顔は欲情に染まっている。呼吸をハアハアと乱して、逞しい男根で貫かれるのを待っていた。

「ほ、本当にいいんですか？」

志郎もベッドにあがると、今さらながら尋ねてしまう。

彼女は人妻だ。さすがにまずいと思いつつ、ペニスはこれでもかと勃起している。先端からは透明な汁がダラダラと溢れていた。

「そんなこと聞かないで……」

香菜子は自ら両膝を立てると、左右にゆっくり開いていく。すると、白い内腿の奥に隠れていた陰唇が剝き出しになる。スタンドのほのかな明かりに照らされた二枚の花弁は、愛華よりも鮮やかなサーモンピンクだ。

あまり形崩れしていないのは、経験が少ないせいかもしれない。しかし、すでにたっぷりの愛蜜で濡れ光っている。夫以外の男を前にして、興奮しているのは間違いなかった。

「恥ずかしい……早く」

自分で脚を開いたのに、激烈な羞恥に灼かれて赤面している。両手で顔を覆い隠すが、股間は剝き出しのままだった。

(よ、よし、ここまで来たら……)

志郎も限界近くまで高まっている。

セックスしたくてたまらない。太幹はバットのように硬くなり、亀頭も破裂しそうなほど張りつめていた。

女体に覆いかぶさり、ペニスの先端を陰唇に押し当てる。正常位の体勢だ。うまくできるか自信はないが、慎重に腰を突き出していく。すると、亀頭が陰唇の表面をツルリッと滑ってしまった。

「あンっ……焦らさないでください」

香菜子が拗ねたような瞳で見あげて、腰を左右にくねらせる。志郎がわざと焦らしていると勘違いしたらしい。

「じゃ、じゃあ、挿《い》れますよ」

額に汗がじんわりと滲んでいる。再び亀頭を陰唇に押し当てて、今度は太幹を右手でつかんだままググッと押しこんだ。

「あああッ!」

香菜子の喘ぎ声が響きわたる。

亀頭が泥濘《ぬかるみ》に沈みこみ、濡れ襞がいっせいにからみつく。膣口がキュウウッと収縮して、カリ首を思いきり締めつけた。

(は、入った……入ったぞ!)

昨夜の初体験とは異なる悦びがこみあげる。

これが生身の女性との初体験だ。しかも、受け身ではなく、志郎が自分の意志で挿入することに成功した。女性を見おろしているという体勢も、牡の支配欲を刺激する。そのまま体重を浴びせるようにして、反り返った男根をズブズブと根もとまで押しこんだ。

「ううウッ、き、気持ちいいっ」

「あううッ、お、大きいっ」

志郎の呻き声と香菜子の喘ぎ声が交錯する。

ふたりの股間は完全に密着して、陰毛同士がからみ合う。膣のうねりはすさまじく、いきなり強烈な快感の波が押し寄せた。

（あ、熱いっ……くうううッ）

愛華より香菜子の膣のほうがずっと熱い。

これが生身の女性の快感だ。比べてはじめてわかったが、愛華の膣はこれほどの熱気を感じなかった。

「ひ、久しぶりだから、ゆっくり……」

香菜子が濡れた瞳で見あげて訴える。

夫とはセックスレス状態なので、身体が驚いているのかもしれない。時間をかけて膣とペニスをなじませたいのだろう。

「わ、わかりました……うむっ」

志郎もすぐに動ける状態ではない。全身の筋肉を力ませて、必死に快感をこらえていた。早くも射精欲がふくれあがっているのだ。

昨日、愛華とセックスしていなければ、挿入しただけで射精していた。それほどまでの快感がペニスから全身にひろがっている。熱くうねる蜜壺の感触は、想像をはるかに超えていた。

なんとか快感の波をやり過ごすと、両手を伸ばして乳房を揉みあげる。昨夜は金縛りに遭っていたので、愛華の乳房に触れることができなかった。そっと指を曲げて、柔肉の蕩けるような感触を味わう。

(や、柔らかい……ああっ、なんて気持ちいいんだ)

触れているだけで夢心地になる。

巨大なマシュマロを作って指をめりこませたら、こんな感じかもしれない。とにかく、これまで経験したことのない感触だ。ゆったり揉みあげれば、香菜子もうっとりした表情で息を吐き出した。

「はああンっ」

目の下が赤く染まり、乳首がますます硬くなる。ペニスが埋まっている蜜壺もうねるのがわかった。

(香菜子さんも感じてるんだ)

志郎は確信すると、両手の指先を乳房の頂点へと滑らせていく。そして、先端で硬くしこっている乳首をそっと摘まみあげた。

「ああッ、そ、そこは……」

喘ぎ声のトーンが高くなり、女体がビクッと敏感に反応する。

さらに双つの乳首をやさしく転がせば、くびれた腰が左右にくねって膣が猛烈に収縮した。

「ああンっ、も、もう動いてください」

香菜子が眉をせつなげな八の字に歪めて懇願する。

膣とペニスが充分になじんだらしい。鋭く張り出したカリが、柔らかい膣壁にめりこんでいるのがわかる。愛蜜の量が増えており、まるでマグマのようにドロドロだ。

「ね、ねえ、早く……ああっ」

すっかり準備が整ったのだろう。香菜子は耐えかねたように、股間をクイクイと迫りあげはじめた。

「くうッ、か、香菜子さんっ」

とたんに快感がふくれあがる。志郎の我慢も限界に達していた。挿入したまま耐えていたことで、動かせばすぐに射精しそうなほど高まっている。それでも欲望にまかせて腰を振りはじめた。

「う、動きますよ……おおおッ」

はじめてのピストンでぎこちないが、ほんの少し出し入れしただけで快感が爆発する。カリで膣壁を擦りあげれば、女壷全体が激しくうねり、ペニスを猛烈に締めあげた。

「ぬうううッ、き、気持ちいいっ」

「ああッ、す、すごいっ、あああッ」

香菜子の喘ぎ声が鼓膜をやさしく振動させる。牡の欲望に拍車がかかり、自然とピストンスピードがあがっていく。

「おおおッ……おおおおッ」

「ああッ、ああッ、い、いいっ」

志郎が唸れば、香菜子も喘ぎ声をまき散らす。両手を伸ばして志郎の腰に添えると、ピストンに合わせて股間をしゃくりあげた。

「くおおおッ、そ、それ、すごいですっ」

快感が快感を呼び、いつしか全力で腰を振り立てる。ペニスを思いきり出し入れして、愛蜜まみれの膣道をかきまわす。

「ああああッ、は、激しいっ、はあああッ」

香菜子も手放しで感じている。喜悦の声をあげて、乳房を弾ませながら腰をくねらせた。

「お、俺っ、も、もうっ」

とてもではないが、これ以上は耐えられない。なにしろ、生身の女性とは、これがはじめてのセックスだ。熱い媚肉がもたらす快楽に溺れて、ついには射精欲の大波に呑みこまれた。

「くおおおッ、で、出るっ、出る出るっ、ぬおおおおおおッ！」

雄叫びをあげながら、思いきり欲望を解放する。膣のなかでペニスが跳ねあがり、ザーメンが勢いよく噴き出した。快感が股間から脳天まで突き抜けて、全身が痙攣するほどの愉悦に包まれた。

「はあああッ、い、いいっ、わ、わたしも、はああああああッ！」

香菜子もよがり泣きを響かせる。熱いほとばしりを膣奥に浴びて、女体が大きく仰け反った。

膣のなかが大きくうねり、太幹をさらに締めつける。射精は延々とつづき、かつてないほど大量のザーメンを放出した。それでも女壺はペニスを食いしめて放そうとしない。

（す、すごい……こんなにすごいんだ）

生身の女性とのセックスが、これほど気持ちいいとは知らなかった。

志郎はペニスを膣に深く突きこんだまま、頭のなかが真っ白になるほどの快楽に酔いしれた。


ふたりは裸のまま並んで横たわっている。ようやく乱れていた呼吸が整ってきたところだ。

「どうして、俺だったんですか？」

志郎は遠慮がちに口を開いた。

素朴な疑問だ。香菜子は夫と向き合うために、夫以外の男と関係を持ちたかったのだろう。しかし、自分が選ばれた理由がわからない。出会ったばかりで素性もわからないのに、抵抗はなかったのだろうか。

「感覚が近い感じがしたんです」

香菜子が落ち着いた声でつぶやいた。

「俺はこんなところに住める身分じゃないです。普通の家庭で育ちました。幼なじみが外国に行っている間の留守番です」

正直に答える。背伸びしたところで意味はない。このタワーマンションに住んでいるのは正真正銘のセレブばかりだ。

「夫は親も医者ですが、わたしの実家はごく普通のサラリーマン家庭です。ここでの生活は、ちょっと窮屈なんです」

香菜子はそう言って、はにかんだ笑みを浮かべる。

タワーマンションでの生活がなじめないらしい。夫とは育ってきた環境が違うため、とまどうことも多いという。

そういえば、はじめて話したとき、安いスーパーを教えてくれた。タワーマンションに住んでいるのに、庶民感覚を持ち合わせていることに驚いた。今はセレブ妻だが、心のなかに昔の感覚が残っているのだろう。

「小山田さんのおかげで、夫と向き合えそうです。今度、じっくり話し合ってみます」

香菜子は微笑を浮かべてつぶやいた。

礼を言われるようなことはしていない。ただセックスしただけだ。どんな言葉を返せばいいのかわからず、志郎は思わず黙りこんだ。

第三章　うしろから突いて

1

タワーマンションに引っ越してから一週間が経っていた。

この周辺は物価が高いし、スウェットやジャージで出歩くのは場違いだし、おまけにコンシェルジュは相変わらず無愛想だ。

出入りするたびに、コンシェルジュの前を通ると思うと、それだけで気が重くなる。慇懃無礼な感じがして、どうにも苦手だった。住民の役に立つはずのコンシェルジュが、志郎にとってはマイナスな存在になっていた。

そんなこんなで、タワーマンションでの生活にまったくなじめていない。身の丈に合っていないのが、いちばんの原因だとわかっている。よほど出世しなければ、ここでは堂々と暮らせないだろう。

今日も日曜日だというのに、昼間からリビングのソファでごろ寝している。時刻は午後三時をまわったところだ。

せっかくの休みがもったいないと思うが、出かける気にはなれない。外に出るとよけいな金がかかるので、食事は買い置きのインスタントラーメンで簡単に済ませていた。

お隣の香菜子とはときどき廊下で会うが、思いがけず身体の関係を持ったことで、なんとなく気まずくなってしまった。

あの日は愛華の幽霊が出現したこともあり、ふたりとも普通じゃない状態だったのかもしれない。ちょっと淋しい気もするが話しかける勇気はなく、会釈をするだけの間柄になってしまった。

愛華はあの夜から現れていない。

香菜子を連れていったとき、怒りを爆発させて寝室をめちゃくちゃにした。あれで気が晴れたのだろうか。成仏したとは思えないが、なぜかあれから一度も出現していなかった。

（なんにもやってないな……）

テレビのリモコンを手にして、心のなかで文句を言う。チャンネルを変えるが、興味を惹くものはない。いくら八十五インチの大画面テレビでも、観たいものをやっていなければ意味はなかった。

大きなあくびをしたとき、インターホンの音が響いた。

訪問者とはめずらしい。誰かが来る約束も、宅配便が届く予定もない。タワーマンションでも新聞の勧誘などはあるのだろうか。

とにかく、ソファから身を起こして、壁に設置されているインターホンのパネルに向かう。すると、液晶画面に見覚えのある女性が映っていた。

（あっ、奈緒さんだ）

この物件を管理している不動産屋の奈緒に間違いない。

一週間前、ここに案内してくれたとき、なぜか玄関前でよそよそしくなり、唐突に帰ってしまった。なにか彼女の気に障るようなことをしたのではないかと気になっていた。

「は、はい……」

突然の訪問に動揺しながら、通話ボタンを押して返事をする。すると、奈緒はカメラに向かって一礼してから口を開いた。

「こんにちは。兼丸不動産の大場です」

「どうも、こんにちは」

「先日はそうそうに帰ってしまって、申しわけございませんでした。地下をご案内すると言っておきながら、失念しておりました」

　奈緒の口調は妙に硬かった。

　一週間前のお詫びを言いに来たのだろうか。なにか違和感を覚えるが、とにかく奈緒が来てくれたことがうれしかった。

「謝ってもらわなくても大丈夫ですよ。地下にあるジムとか多目的ルームは、たぶん使うことがないですから」

　志郎はできるだけ柔らかい口調を心がけるが、それでも彼女は表情を緩めようとしない。

「その後、困ったことなど、ございませんでしょうか?」

　もしかしたら、備えつけの機器の説明をしなかったことを気にしているのかもしれない。

　浴室乾燥機や食器洗浄機などは、使用方法がわからないので触れないようにしていた。セキュリティシステムの操作はなんとなくわかったが、これまでふれたことのない機器の扱いには困っていた。

「じつは、いろいろわからないことがあって……あの、あがって教えてもらうことはできませんか？」

思いきって言ってみる。

実際のところ、機器の説明は二の次で、奈緒と話がしたいだけだ。このチャンスを逃したら、もう話す機会はない気がした。

「わたしがお部屋に……ですか？」

液晶画面ごしでも、奈緒の表情が曇るのがわかった。

もしかしたら、おかしな意味に取られたかもしれない。ナンパ目的の軽い男と思ったのか、もしくは襲われるかもしれないと警戒したのではないか。

「い、いえ、無理ならいいんです。自分でなんとかできますから」

志郎は慌てて断った。

しかし、悪い印象を与えてしまった気がする。液晶画面に映る奈緒は、なにやら深刻そうな顔をしていた。

「すみません。決して下心があったわけではなくて――」

「わかりました」

奈緒の声はきっぱりしている。強い決意を感じさせるような言い方だった。

「べつに無理をなさらなくても……」

「なにも説明しなかったのは、申しわけないと思っております。では、おうかがいさせていただきます」

やけに重苦しい雰囲気になっている。志郎が思っていたのとはだいぶ違うが、とにかく奈緒が部屋に来ることになった。

インターホンの解錠ボタンを押して、エントランスの自動ドアを開いた。奈緒はコンシェルジュの前を通り、エレベーターであがってくるはずだ。志郎は慌てて、出しっぱなしの丼や箸、マグカップを流しに運んだ。

しばらくしてインターホンが鳴った。

志郎は直接、玄関に向かうとドアを開く。すると、そこには硬い表情の奈緒が立っていた。ダークグレーのスーツに身を包んでおり、志郎の顔を見るなり頭を深々とさげる。

「こんちには。先日は――」

また謝罪しようとするので、志郎はその声を遮った。

「ま、まあ、とにかく入ってください」

できれば先日のように、気軽に言葉を交わしたい。硬い表情の奈緒をうながして、リビングに迎え入れた。

「座ってください。今、紅茶を入れますから」

ソファを勧めてキッチンに向かう。香菜子が来たときに紅茶とクッキーを発見したので、慌てることはない。手早くやかんを火にかけて、ティーカップを準備した。

「お待たせしました」

トレーを手にしてリビングに戻る。

奈緒は背すじを伸ばして、三人掛けソファの端に腰かけていた。やはり表情が硬かった。

「この前のことなら、俺は気にしていませんよ」

ガラステーブルにティーカップとクッキーの載った皿を置くと、志郎はひとり掛けのソファに腰をおろした。

奈緒はやけに深刻な顔になっている。なにかに怯えるように肩をすくめて、全身の筋肉に力が入っているようだ。志郎が話しかけても答えることなく、テーブルの一点をじっと見つめていた。

「あの……大丈夫ですか？」

心配になって声をかける。先日のことの謝罪にしては、あまりにもおおげさで雰囲気が重すぎた。

「なにか……変わったことは起きていませんか？」

ようやく奈緒が口を開いた。

「変わったことですか？」

すぐに愛華の顔が脳裏に浮かぶ。まさか、奈緒は幽霊が出ることを知っているのだろうか。

「このお部屋のこと、白岩さんからなにか聞いていますか？」

「えっと……どういうことでしょうか」

幽霊のことだとしたら、いっさい聞いていない。優吾は霊感がまったくないので、愛華のことには気づいていないはずだ。ここは黙って話を聞くことにした。

「やはり聞いていないのですね」

奈緒は納得したように小さくうなずいた。

顔から血の気が引いて見えるのは気のせいだろうか。とにかく、先ほどから様子がおかしかった。

「この部屋、なにかあるのですか？」

「い、いえ……あの……」

奈緒は口を開きかけるが、躊躇して黙りこむ。そんなことを何度かくり返して、居住まいを正した。

「じつは……お伝えしたいことがございます」

意を決したように語りはじめる。

ようやく本題に入るらしい。志郎も反射的に背すじを伸ばして、聞く態勢を整えた。

「白岩さんが入居されるときにはきちんと説明させていただいたのですが、こちらは事故物件なんです」

「つまり……人が亡くなっているとか？」

志郎は緊張ぎみに聞き返す。

亡くなった愛華本人から聞いたが、やはりここは訳アリ物件だった。それを再確認したことで、そこはかとない恐怖が湧きあがる。

「はい……じつはそうなんです」

奈緒は申しわけなさげな顔になっていた。

「俺が借りたわけではありませんから、お気になさらないでください」

賃貸契約を結んだのは優吾だ。優吾に対しては告知義務があるが、志郎に説明する必要はないはずだ。

「でも、隠しているようで気になっていたんです」

「本来なら優吾が俺に言うべきことですから。でも、あいつ、幽霊とかまったく信じてないんですよ。だから、すっかり忘れていたんでしょうね」

なんとか場の空気を変えたくて笑い飛ばそうとするが、奈緒はにこりともしなかった。

「この前、ご案内したとき、小山田さんはなにもご存知ないようでしたので、お伝えするべきか迷ったんです」

「いえいえ、奈緒さんが――」

勢いあまって、つい「奈緒さん」と呼んでしまう。

一瞬で顔が熱くなり、赤くなっていることを自覚する。奈緒も驚いた顔をするが、とくになにか言うわけではない。今さら訂正するのもおかしいので、そのまま押し通すことにした。

「責任を感じる必要はありませんよ。気にしないでください」

「そう言っていただけると……」

奈緒はほっとしたのか、少しだけ表情を緩めた。

「でも、説明させてください。人が亡くなったのは事実ですが、事件になるようなことではなくて病気によるものなんです」

そこで言葉を切ると、奈緒は慎重に言葉を選びながら再び語り出す。

「ここから先は、白岩さんにも話していません。この部屋、以前はうちの社長が自分名義で借りていて、そこに愛人を囲っていたんです」

「そ、そうなんですか……」

志郎は今はじめて聞いた感じを出すために目を見開いた。

「社長がお金を出して、愛人はスナックを経営していたようです。ところが、社長が出張中に、急病で亡くなってしまったんです」

遺体が発見されたことで、警察が来て捜査をしたらしい。その過程で社長の愛人だったことも発覚したという。

「この一件で、社長に反感を覚えた社員が大勢辞めました。じつは、わたしも勤めながら次の仕事を探しているところなんです」

「なるほど……」

奈緒の説明を聞いて、志郎は小さくうなずく。

愛華から聞いた話と同じだ。社長の正妻になることを夢見ていたが、急病により愛人のままひとり淋しく亡くなったのだろう。

(それなら、成仏できなくても当然だよな)

そう思った直後、いやな予感が湧きあがる。

愛華はしばらく現れていないが、成仏できたとは思えない。生前は社長の妻になることが望みだったと思うが、亡くなってしまった彼女はなにを求めているのだろうか。

そのとき、どこかでドンドンドンッという激しい音が響いた。

2

「な、なんですか?」

奈緒が肩をビクッと震わせる。

あれだけ大きな音が聞こえたのだから驚くのは当然だ。きっと愛華が現れたに違いない。こうしている間もドンドンドンッという激しい音が響いている。寝室のドアを内側からたたいている音だ。

（どういうつもりなんだ……）

迷ったのは一瞬だけだった。

かかわってしまった以上、無視してやり過ごすことはできない。愛華のほうもしつこくつきまとってくるに決まっている。地縛霊で寝室から動けないため、霊感のある人に出会う確率は極端に低い。志郎が相手にしなくても、簡単にはあきらめないはずだ。

「ちょっと見てきます」

志郎がソファから立ちあがり、奈緒を残してリビングから飛び出した。

寝室に向かうと、激しい音とともにドアが揺れている。今にもぶち破りそうな勢いだ。今までおとなしくしていたのに、どうして突然、このタイミングで現れたのだろうか。

（開けたくないな……）

そう思いながら、レバーに手をかける。そっとひねってドアを開けると、凄まじい霊気が溢れ出てきた。

「呼んでるんだから早く来なさいよ」

愛華が入口の前にボーッと立っている。よどんだ瞳で志郎の顔をまっすぐ見つめていた。

「呼ぶのは構いませんが、もっと静かに呼んでくださいよ」

声を潜めて語りかける。

幽霊と話しているところを奈緒に見られるわけにはいかない。霊感があることを知られたくなかった。

「わたしはここから出られないんだから、静かに呼んだって気づいてもらえないでしょ」

愛華が不満げにつぶやく。

確かに寝室から静かに名前を呼ばれても、リビングにいる志郎はまず気づかない。急を要するのなら、大きな音を立てるしかなかった。

「ま、まあ、それはわかりました。ところで、今までどこにいたんですか。てっきり成仏したのかと思いましたよ」

「そんな簡単に成仏できたら苦労しないわよ。ずっとここにいたけど、おとなしくしていたの」

「どうしてですか？」

「この間、大騒ぎしちゃったから……」

愛華はそう言って、ふっと視線をそらした。

どうやら、香菜子が来たときに、寝室をめちゃくちゃにしたことを悪かったと思っているらしい。あのときは感情が昂って、どうしても抑えられなかったのだろう。

「そんなこと、気にしなくていいですよ」

幽霊に感情移入しないほうがいいのはわかっている。それでも、気の毒になって言葉をかけた。

「でも、なるべく大きな音は立てないでくださいね。俺ひとりならいいけど、お客さんを驚かせてしまうので」

「あっ、そう、それよ。そのことを聞きたくて志郎を呼んだのよ。女が来てるでしょ。誰？　誰なの？」

愛華は思い出したようにまくし立てる。

「え、えっと、不動産屋の人ですけど」

「やっぱり……その女から隆也さんの匂いがするのよ」

離れているのに匂いがわかるのだろうか。

愛華は社長の愛人だった。だから、社長の匂いだけは嗅ぎわけることができるのかもしれない。

「その女、隆也さんの新しい愛人ね」

愛華の目が吊りあがっていく。負の感情が溢れ出て、憎悪が全身に満ちていくのがわかった。

「そ、それは違うと思いますけど……」

恐るおそる言葉を紡ぐ。

奈緒は次の仕事を探していると言っていた。社長の愛人だったら、仕事を辞めることなど考えないだろう。

「同じ職場で働いているので、匂いが移っただけじゃないですかね」

「いいえ、愛人よ。そうに決まってるわ」

もう志郎の言葉は耳に入っていない。愛華は目をさらに吊りあげて、奥歯をギリギリと嚙みしめた。

「わたしが死んだとたん、隆也さんを誘惑したのね。悔しいっ」

窓ガラスがカタカタと小刻みに震えはじめる。愛華の苛立ちによるポルターガイスト現象だ。

「お、落ち着いてください。な、奈緒さんは、自分の会社の社長と不倫をするような人ではありません」

「その女の肩を持つのね」

窓ガラスの震えが大きくなって、今にも割れそうなほど振動する。どこからともなく風が湧き起こり、カーテンがバタバタと舞いあがった。

「ご、誤解なんです——」

「小山田さん？」

必死に宥《なだ》めていると、ふいに背後から名前を呼ばれた。

「誰と話しているんですか」

いつの間にか、奈緒がリビングから出てきてうしろに立っている。不思議そうな顔で、志郎のことを見つめていた。

（ま、まずい……）

胸にうちに焦りがひろがる。

愛華の視界に奈緒を入れてはいけない。志郎は慌てて寝室の入口に背を向けて立ちはだかった。

「な、なんでもないです。戻りましょう」

奈緒を急かしてリビングに戻ろうとする。ところが、今度は寝室でドンッという大きな音がした。

「志郎っ、その女を連れてこい！」

背後で愛華が大声で叫んでいる。ふくれあがる怒りを抑えきれず、床を強く踏み鳴らした。

（うっ……）

志郎の背中になにかが強くぶつかった。

どうやら、愛華が枕を投げつけたらしい。自分は寝室から出られなくても、物を外に投げることはできる。これ以上、怒らせたら危険だ。

「おいっ、志郎、無視するな！」

愛華が大声をあげて、床を強く踏みつける。その音と振動は、廊下にもはっきり伝わっていた。

「なんの音ですか？」

奈緒が背伸びをして、志郎の肩ごしに寝室をのぞきこんだ。

「な、なんか聞こえましたか？」

惚けようとするが、さすがにごまかしきれない。しかし、寝室には誰もいないため、奈緒は訝しげな顔になった。

「その女ね」

背後から愛華の声が聞こえた。

先ほどまで怒鳴っていたが、妙に抑えた声が逆に恐ろしい。嵐の前の静けさとは、まさにこのことだ。

一拍置いて、再び窓ガラスがビリビリと震え出す。さらには寝室全体が揺れはじめる。揺れは廊下にもひろがり、慌てて両足を踏ん張った。

「うわっ！」

「じ、地震？」

奈緒は勘違いしているが、これはポルターガイストにほかならない。

もしかしたら、マンション全体が揺れているのではないか。凄まじいまでの怒気が背後でふくれあがっていた。

（あ、愛華さんっ、お願いですから落ち着いてください）

このままだとマンションが崩れてしまうのではないか。

寝室をチラリと見やれば、愛華が般若のような顔で立っている。髪の毛が逆立ち、瞳の奥に憎悪の炎が燃えあがっていた。

「その女が、隆也さんを誑《たぶら》かしたのね」

「ち、違うんです。誤解です！」

志郎は思わず背後に向かって声をあげる。

とにかく、愛華の怒りを静めなければ、どうなってしまうかわからない。誤解とはいえ、奈緒に激しく嫉妬している。呪い殺すのではないかと本気で不安になるほど、凄まじい形相になっていた。

「誤解って、どういうことですか？」

奈緒が寝室を見つめながら尋ねる。

しかし、あれほど怒り狂っている愛華の姿が見えていない。しきりに首をかしげては、寝室と志郎の顔を交互に見ていた。

「た、ただの独りごとです」

「なにが独りごとだ！」

愛華の怒鳴り声が聞こえる。

異様な気配を感じて背後を確認すれば、愛華がダブルベッドを軽々と持ちあげていた。

「なっ、なにを……やめてくださいっ」

志郎の制止を無視して、愛華はダブルベッドを高く掲げたまま迫ってくる。あんな巨大な物を投げつけられたら大怪我をしてしまう。

「えっ……なに？」

奈緒は目を見開き、呆気に取られている。

人はあり得ない現象を目の当たりにしたとき、感情が無になってしまうことがある。理解が追いつかないため、恐怖すら感じないのだ。今の奈緒がまさにその状態だ。

「この泥棒猫っ！」

愛華はベッドを持ちあげて、すぐ目の前に立っている。

ふだんは整っている顔が、憎悪で激しく歪んでいた。これほど恐ろしい顔を見たことはない。しかし、奈緒には愛華の姿が見えず、声もまったく聞こえていない。宙に浮いているベッドだけが見えている状態だ。

「逃げますよっ」

志郎は奈緒の手を取り、廊下を走り出した。

迷っている場合ではない。愛華は今にもベッドを投げつけそうだ。本気で暴れ出したら、とんでもないことになってしまう。とにかく、一刻も早くこの場から離れるべきだ。

奈緒のバッグだけ持って玄関から出ると、いっしょにエレベーターに乗りこんだ。一階のロビーに降りるが安心できない。少しでも距離を取りたくて、マンションの外に走り出た。

眩い日の光を浴びると、ようやく志郎は落ち着きを取り戻した。大きく息を吐き出して、額に滲んだ汗を手の甲で拭った。

「あの……」

奈緒の声ではっと我に返る。まだ彼女の手を握ったままだった。

「し、失礼しました」

思わず赤面して、慌てて手を離す。ところが、奈緒は自ら身体を寄せて、志郎の腕にしがみついた。

「さっきの、なんですか?」

奈緒は蒼白になっている。

今ごろになって恐怖が襲ってきたらしい。今にも泣き出しそうな顔で、膝をカタカタ震わせていた。

「きっと霊現象よね。つまり、あれは……」

奈緒は独りごとのようにつぶやいている。

理解し難い現象を目の当たりにして停止していた思考が、ようやく再開したようだ。さまざまな疑問が頭のなかを埋めつくしているに違いない。考えても答えが見つからず、さらなる恐怖が湧きあがっているはずだ。

「もしかしたら、幽霊……」

社長の愛人が亡くなった経緯を詳しく知っているだけに、そこに行きつくのは早かった。

「きっと愛人の幽霊ですよ」

「か、考えすぎじゃないですか……まさか幽霊なんて……」

志郎はごまかそうとするが、目の前でダブルベッドが宙に浮いたのだ。あれは霊現象以外のなにものでもなかった。

「小山田さん、なにか言ってましたよね」

「そ、そうでしたか?」

「言ってたじゃないですか。誰かとしゃべっているみたいでした」

奈緒は腕にしがみついたまま、懸命に訴える。恐怖に震えており、目には涙が浮かんでいた。

「お、俺も混乱していたのかも……」

自分でも苦しい言いわけだと思う。

しかし、愛華の幽霊がいるなどと言えば、よけいに怖がらせてしまうか、志郎が変人あつかいされるかのどちらかだ。いずれにせよ、真実を告げるわけにはいかない。惚けつづけるしかなかった。

「ほ、ほら、混乱すると、わけがわからないことを口走る人、いるじゃないですか。だいたい小心者なんですけど、あれですよ」

自虐的に言うと、志郎な自分の顔を指さした。

「俺、怖がりだから……ははは っ」

変人と思われるより、笑われたほうがましだ。ところが、奈緒はまったく笑ってくれなかった。

「絶対、おかしいです。あれ、幽霊ですよ」

「そ、そうかなぁ……」

「そうに決まってます。怖いです」

奈緒は腕にしがみついたまま離れない。これはこれで悪い気はしないが、もっと別の場面で仲よくしたかった。

「会社に戻りたくないです」

「で、でも、そういうわけにはいかないでしょう?」

なんとか説得しようとするが、奈緒は首を小さく左右に振る。すっかり怯えきっており、ついには涙さえ流しはじめた。

「今は社長に会いたくないんです」

そう言われると、志郎も強要できなかった。

奈緒はとくに霊感が強いタイプではない。それでも、先ほどの現象が、社長の愛人の死に関係していると気づいている。だから、その元凶である社長に会いたくないのだ。

「いっしょにいてくれませんか?」

霊現象に直面して、奈緒は激しく動揺している。落ち着くまでは、ひとりにしないほうがいいだろう。

「じゃあ、どこか喫茶店でも……」

そう言いかけて、自分の服装を思い出す。

急に飛び出してきたため、志郎はグレーのスウェットの上下というラフな格好だ。この地域はセレブ相手のお洒落な店が多い。こんな服装でウロウロするのは抵抗があった。

「この服だと、ちょっと……」

「それなら、わたしの家でもいいですか？」

奈緒が腕にしがみついたまま、上目遣いにつぶやいた。

志郎の肘が、彼女の胸もとに当たっている。ちょうど肘の先の硬い部分が、ジャケットに包まれた乳房のふくらみに触れていた。

（な、奈緒さんのおっぱいが……）

こんなときだというのに気分が盛りあがる。

奈緒は霊現象に直面して怯えているが、志郎にとってはめずらしいことではない。幽霊とはなるべく関わらないようにしてきたが、それでも目にする機会は普通の人より多かった。

だから、今は幽霊よりも乳房のほうが気になってしまう。

服ごしだと感触がはっきりわからないのがもどかしい。それでも、さりげなく視線を向ければ、肘が確かにめりこんでいた。

「で、では、ご自宅までお送りします」

平静を装って答えるが、胸の鼓動が速くなっている。

ただ家に送るだけだ。しかし、先日の香菜子の例もある。そんなうまい話があるはずないと思うが、期待が勝手にふくらんだ。

3

「すみません。慌ててたんで、財布もスマホも持ってなくて」

志郎は恐縮して頭をさげた。

ここは奈緒が住んでいる賃貸マンションだ。十畳のワンルームで、薄ピンクの絨毯にカーテン、それに枕カバーやシーツも同じ色で統一されている。いかにも女性の部屋という感じで緊張してしまう。

タワーマンションの前でタクシーに乗り、ここまでやってきた。ところが、志郎は持ち合わせがなく、奈緒に払わせてしまった。

「そのうえ、コーヒーまで出してもらって……」

今、志郎はベッドに腰かけている。目の前のローテーブルには、マグカップがふたつ置いてあった。

「わたしがお願いしたんですから……」

奈緒の声は消え入りそうなほど小さい。

先ほどの恐怖が、まだ忘れられないのだろう。並んで腰かけているが、ふたりの距離は極端に近い。きっと、なにかに縋《すが》りたいのだろう。奈緒は身体をぴったり寄せて、離れようとしなかった。

タクシーを降りると、もう少しいっしょにいてほしいと懇願された。頼りにされて悪い気はしない。もちろん、部屋にあがったが、今は極度の緊張状態に陥っていた。

（い、意識するな……奈緒さんはそんな気ないんだ）

心のなかで何度も自分に言い聞かせる。

奈緒は怯えているので、寄り添っていたいだけだ。それはわかっているが、どうしても淫らなことを考えてしまう。

なにしろ、志郎は幽霊を相手に童貞を卒業したばかりだ。しかも、生身の人間はひとりしか経験がない。セックスの快楽を知ったことで、欲望に火がつきやすくなっている。だから、こうして密着しているだけで、股間がムズムズと疼いてしまう。

（ああっ、奈緒さん……）

はじめて会ったときから、ずっと気になっていた。

ただ腕に抱きつかれているだけだが、胸の鼓動はどんどん速くなっていく。奈緒はそれどころではないが、志郎は興奮を抑えるのに必死だった。

いつしか、窓から射しこむ日の光が傾いている。

眩かった日射しが、オレンジがかった柔らかいものに変化していた。意味もなく物悲しくなる時間帯だ。

「小山田さん……まだ、いてくれますよね？」

奈緒がぽつりとつぶやいた。

帰ってきてすぐ、奈緒は会社に連絡を入れている。外まわりの途中で体調を崩したため、今日は直帰すると伝えていた。

（それって、つまり……）

時間はいくらでもあるということだ。

緊張と期待が同時にこみあげる。気になっている女性とふたりきりという状況だ。しかも、身体が密着した状態で、平常心を保っていられるはずがない。ボクサーブリーフのなかで、ペニスがむくむくとふくらみはじめた。

「お願いです。いっしょにいてください」

「は、はい……」

志郎は懸命に平静を装ってうなずいた。

彼女に下心などあるはずがない。ただ怯えているだけだ。それはわかっているが、ペニスは勝手に反応してしまう。淫らな気持ちを彼女に悟られるわけにはいかなかった。

「あの、ひとつ聞いてもいいですか」

志郎は先ほどから気になっていたことがある。思いきって切り出すと、奈緒は小さくうなずいた。

「あの部屋で亡くなったのが、社長の愛人だった件ですが、優吾には話していないと言ってましたよね」

「ええ……」

「それなのに、どうして俺には教えてくれたんですか」

素朴な疑問だった。

優吾は正式に契約をして部屋を借りている。それを考えると、志郎よりも優吾に詳しく説明するべきではないだろうか。なぜ一時的に住んでいるだけの志郎に話したのかわからなかった。

「それは、小山田さんは信用できる感じがしたというか……あっ、でも、白岩さんが信用できないというわけではないんです。ただ、人間的な温かみと言いますか、心の部分で小山田さんとは合う気がしたんです」

奈緒は頬をほんのり桜色に染めながら話してくれる。

少なくとも、志郎は悪い印象を持たれていなかったようだ。それがわかり、心がほっこり温かくなった。

「優吾は悪いやつではないんですが、効率を優先するところがあるので、冷たく見えるかもしれませんね。たぶん、人の不倫の話とか、まったく興味がないと思います。話さなくて正解ですね」

「そんな気がしました……ふふっ」

奈緒がようやく笑ってくれる。

少しは恐怖が薄れたのかもしれない。笑顔を見ることができて、志郎もほっとした。

「あの件は社長に関わる不祥事ですので、お客さまの耳に入れてはいけないことになっているんです。でも、つい小山田さんには話してしまいました」

「よかったんですか？」

「ずっと誰かに話したくてむずむずしていたんです。小山田さんに会えてよかったです。あの話は内緒ですよ」

「はい、内緒ですね」

秘密を共有したことで、心の距離が縮まった気がする。志郎が内心浮かれていると、奈緒がはっと息を呑む気配があった。

「小山田さん、それ……」

「はい？」

彼女の視線は志郎の股間に向いていた。

いつの間にか、スウェットパンツの前が大きなテントを張っている。ごまかしようがないほどふくらんでおり、勃起しているのがまるわかりだ。

「こ、これは、その……す、すみません！」

しどろもどろになった挙げ句、頭をさげて謝罪する。

せっかくいい感じになっていたのに、奈緒と密着したことでペニスが反応してしまった。

（最悪だ……）

意志の力では抑えることができず、まだ隆々とそそり勃っていた。

霊感があることを黙っていても、彼女は離れていく運命だった。腕にしがみつかれたので、柄にもなく夢を見てしまった。

「俺……帰ります」

立ちあがろうとするが、奈緒は腕を放そうとしない。それどころか、ますます強くしがみついてきた。

「ひとりにしないでください」

心霊現象の恐怖がぶり返したのだろうか。奈緒は目に涙をいっぱい溜めて見あげていた。

「でも……」

「わたしのせいですよね。こんなふうにくっついたから」

ギュッと腕に抱きつかれて、肘がますます乳房にめりこんだ。

「そ、それは……」

「やっぱり、小山田さんはいい人です。そんなに大きくしてるのに、わたしになにもしなかったじゃないですか」

奈緒はそう言ってくれるが、手を出す勇気がなかったにすぎない。行動力がある男なら、とっくに押し倒していただろう。

「なんか……すみません」

志郎は謝ることしかできない。奈緒が恐怖に震えていたというのに、卑猥なことを考えていたとは最低だ。

しかし、ペニスはいまだに勃起したままだ。これでは心から反省していないようで、ますます申しわけない気持ちになる。なんとか抑えようとするが、どうにもならなかった。

「どうしても、治まらなくて……」

「気にしないでください。それに、わたしでこんなに大きくしてくれたんですよね？」

奈緒はそう言って、スウェットのふくらみにそっと触れた。

「うっ……」

思わず小さな声が漏れてしまう。

指先が布地ごしにペニスの先端を軽く撫でただけだが、甘い刺激が股間から全身へと波紋のようにひろがった。ボクサーブリーフのなかで我慢汁が溢れて、布地に染みこむのがわかった。

4

「な、奈緒さん……」

志郎はとまどいの声を漏らして、彼女の顔を見つめた。

「まだ怖いんです。忘れさせてください」

奈緒が恥ずかしげにつぶやく。そして、再びスウェットのふくらみの頂点を指先で撫でた。

(い、いいのか……本当に？)

志郎は困惑しながらも、されるがままになっている。

愛華が怒り出してどうなることかと思ったが、まったく予想していなかった展開になっていた。

「お願いです……」

甘えるような声で懇願されたら、断れるはずがない。志郎は頭で考えるより先にうなずいた。

まだまだ経験不足だが、そんなことを言っている場合ではない。きっかけは愛華の起こしたポルターガイストだが、こんなチャンスは二度とないかもしれないのだ。志郎は思いきって、震える手を奈緒の肩にまわした。

「し、失礼します」

緊張ぎみに語りかけると、唇をそっと重ねる。奈緒は睫毛を静かに伏せて応じてくれた。

舌を伸ばして、柔らかい唇に這わせていく。慎重に動かしていると、やがて唇が半開きになる。舌先を恐るおそる侵入させると、奈緒が遠慮がちに吸いあげてくれた。

(奈緒さんとキスしてるんだ……)

そう思うと、腹の底から興奮が湧きあがる。

ペニスはますます硬くなり、スウェットパンツの前を破りそうなほど雄々しく屹立した。

「ンンっ……」

奈緒が鼻にかかった声を漏らしながら、熱い舌をからみつける。自然とディープキスになり、互いの唾液を交換して味わった。

「ああっ、小山田さんとこうしていると安心できます」

上目遣いに見つめて奈緒がつぶやく。瞳はしっとり潤んでおり、頬はまっ赤に染まっていた。

「俺もです……」

志郎は同意すると、彼女のブラウスに手を伸ばす。ボタンを上から順に外せば前がはらりと開き、薄ピンクのブラジャーがチラリと見えた。

ブラウスを完全に取り去り、奈緒の手を取って目の前に立ちあがらせる。タイトスカートを引きおろすと、ナチュラルカラーのストッキングに包まれた下肢が露になった。

薄ピンクのパンティが透けている。ストッキングのウエスト部分に指をかけると、薄皮を剝ぐように引きさげていく。つま先から抜き取ると、女体にまとっているのはブラジャーとパンティだけになった。

「わたしだけなんて……」

奈緒が耳まで赤くして、拗ねたようにつぶやく。

自分ひとりが下着姿になって照れている。内腿をぴったり閉じて、羞恥に腰をくねらせた。

「じゃあ、俺も……」

志郎も立ちあがってスウェットを脱ぐと、ボクサーブリーフ一枚になる。股間の布地が破れそうなほどふくらんでいるのが恥ずかしいが、それより興奮のほうがうわまわっていた。

「奈緒さんっ」

立ったまま女体を抱きしめる。首すじにキスの雨を降らせながら、両手を背中にまわしてブラジャーのホックをはずした。

「あンっ」

奈緒が小さな声を漏らす。カップを押しのけて、張りのある双つの乳房がまろび出た。

愛華や香菜子に比べると小ぶりだが、重力に逆らう張りがある。前方に飛び出した柔肉の先端に、淡いピンクの乳首がちょこんと載っている。透明感のある白い肌と相まって、じつに繊細そうな乳房だ。

緊張で震える指をパンティにかけて、ジリジリと引きさげる。うっすらとした陰毛がのぞき、興奮が高まっていく。さらに引きおろして、つま先から抜き取った。これで奈緒は一糸まとわぬ姿になった。

「は、恥ずかしい……」

首すじまでまっ赤に染まっている。奈緒は両手で自分の身体を抱きしめて、乳房と股間を覆い隠した。

しかし、そうやって恥じらう姿が、牡の欲望をますますかき立てる。志郎は鼻息を荒らげながら、ボクサーブリーフを脱ぎ捨てた。勃起したペニスが剝き出しになり、自分の下腹部をペチンッと打った。

「あっ……」

奈緒がそそり勃った肉棒を目にして、小さな声を漏らす。すぐに顔をそむけるが、気になって仕方がないらしい。口もとに手を当てて横を向いているが、視線をチラチラと送っていた。

「これが気になりますか?」

志郎は羞恥をごまかすために、あえて語りかける。そして、隆々と勃起したペニスを見せつけるように股間を突き出した。

「す、すごく大きいから……」

奈緒のささやく声が男の自尊心をくすぐる。ペニスは礼を言うようにビクンッと跳ねて、先端から我慢汁を滲ませた。

「奈緒さん……」

両手で肩をつかむと、ベッドにそっと押し倒す。女体に覆いかぶさり、両手で乳房を揉みあげた。

肌はシルクのようになめらかで、軽く触れているだけでうっとりした気分になる。指をめりこませれば、乳肉は溶けそうなほど柔らかい。力を入れると壊れそうで、慎重にゆったり揉みあげた。

「はンっ、ダ、ダメ……」

口ではそう言いながら、奈緒は愛撫に身をまかせている。乳房に指が沈みこむたび、腰がたまらなそうにくねりはじめた。

(これが奈緒さんのおっぱい……ああっ、なんて気持ちいいんだ)

志郎は夢見心地になりながら、乳房を揉みつづける。そして、指先を徐々に滑らせて、先端で揺れる乳首をそっと摘まんだ。

「ああッ!」

とたんに女体が大きく仰け反った。

奈緒は眉をせつなげに歪めて、声をあげたことを恥じるように下唇を噛みしめる。そして、抗議するような瞳を志郎に向けた。

「そこは――ああンっ」

指先で乳首を転がせば、奈緒のつぶやきは喘ぎ声に変化する。

感じているのは明らかで、柔らかかった乳首が瞬く間に硬くなっていく。敏感に反応してくれるから、自然と愛撫に熱が入る。人さし指と親指でクニクニと執拗に転がした。

「ここ、すごく硬くなってます」

「あっ……あっ……そ、そこばっかり……」

奈緒が甘い声を漏らして、首を左右にゆるゆると振る。だからといって、志郎の手を振り払うわけでもなく、女体をくねらせていた。

そんな奈緒の姿を見ていると、牡の欲望がどんどん高まっていく。ペニスはこれ以上ないほど硬くなり、先端が彼女の腰を小突いている。先走り液が付着してヌルリッと滑った。

「硬いのが……当たってます」

奈緒がつぶやいて身をよじる。

潤んだ瞳はなにかを訴えているようだ。もしかしたら、挿入を求めているのではないか。ひとつになりたいのは志郎も同じだ。一刻も早くペニスを挿れて、思いきり腰を振りたかった。

「俺、もう……」

我慢できずに彼女の下肢を割り開く。両膝をつかんでM字開脚の状態に押さえつけた。

白い内腿とミルキーピンクの陰唇が露になる。愛華や香菜子と比べると色が薄く、二枚の花弁も小さくてささやかだ。経験が少ないのか、女陰は形崩れがいっさいない。

それでも愛撫で感じたのか、透明な汁でぐっしょり濡れている。陰唇はぴったり閉じているが、合わせ目からじくじくと溢れていた。

「こんなに濡れて……」

志郎は思わず生唾を飲みこんだ。

ペニスが跳ねあがり、新たな我慢汁が溢れ出す。亀頭は破裂寸前まで膨張して揺れていた。

「み、見ないでください」

奈緒が耐えきれないとばかりに、両手で顔を覆い隠す。羞恥が限界に達したのか、肩を震わせてすすり泣きを漏らしはじめた。

「す、すみません、やりすぎました」

さすがに泣かれると困ってしまう。志郎が膝から手を放すと、奈緒は身体を横向きにして、胎児のようにまるまった。

「すごく恥ずかしいから……」

小声でつぶやき、うつ伏せになる。さらには四つん這いになると、自ら尻を高く持ちあげた。

「だ、大胆なんですね」

「顔を見られたくないんです。ああっ、でも、この格好も……」

奈緒の声は羞恥にまみれている。

どうやら、顔を隠したくてバックの体勢を取ったらしい。しかし、交尾を求めるようなポーズが、別の羞恥を生み出しているようだ。

「すごくエッチな格好ですよ」

「いや……言わないでください」

志郎の言葉に反応して、奈緒は顔をシーツに押しつける。そうすることで、高く持ちあげたままの尻がますます後方に突き出された。

（おおっ……）

志郎は思わず腹のなかで唸った。

白桃を連想させる尻が、目の前でゆらゆらと揺れている。自分でこの格好になったのに、羞恥に耐えられなくなったらしい。志郎の視線に灼かれて、しきりに腰をくねらせていた。

「奈緒さんっ」

耐えられないのは志郎も同じだ。彼女の背後で膝立ちになり、いきり勃った肉棒の先端を陰唇に押し当てた。

「あッ……あぁッ」

「や、柔らかいっ」

ほんの少し体重をかけるだけで、亀頭は二枚の花弁を巻きこみながら沈んでいく。なかにたまっていた愛蜜がグチュッと溢れて、白い内腿を濡らす。亀頭が完全に埋まり、膣口がカリ首を締めつけた。

「くうッ、す、すごいっ」

思わず唸りながら、さらに腰を押しつける。熱く媚肉のなかにペニスを送りこんで、ついに根もとまでつながった。

「ああッ、お、奥まで……」

奈緒の背すじがググッと反り返る。亀頭が深い場所に到達したのか、女体が硬直して小刻みに震えた。

志郎は快感に耐えながら、奈緒のなめらかな背すじを指先で撫であげる。触れるか触れないかの微妙なタッチだ。爪の先をスーッと滑らせると、女体がさらに仰け反った。

「はああッ……く、くすぐったいです」

「ううッ、すごく締まる」

膣が収縮してペニスがギリギリと絞られる。志郎はたまらず両手で奈緒のくびれた腰をつかみ直すと、さっそくピストンを開始した。

「あッ……あッ……」

すぐに奈緒の唇から切れぎれの喘ぎ声が溢れ出す。

志郎は腰をゆったり振り、亀頭で媚肉をかきわけては、鋭く張り出したカリで膣壁を擦りあげる。たっぷりの華蜜で濡れているので動きはスムーズだ。膣道は歓喜したようにうねり、ますます締めつけが強くなった。

「こ、これは……うむッ」

快感の波が押し寄せるが、なんとか耐え忍ぶ。そして、スローペースで腰を振りつづける。

スピードをあげれば、すぐに限界が来てしまう。少しでも長く奈緒とつながっていたくて、じっくりした抽送を心がける。結合部分から湿った音が響き、淫らな気分に拍車がかかった。

「あぁッ……あぁッ……」

奈緒の喘ぎ声が徐々に大きくなる。尻を高く掲げたまま、ピストンに合わせて身体を前後に揺らしはじめた。

「ううッ、き、気持ちいいっ」

彼女が動くことで、ペニスに受ける快感が大きくなる。思わず声が漏れて、亀頭を深い場所まで埋めこんだ。

「あううッ、お、小山田さん……」

奈緒が濡れた瞳で振り返る。

もっと激しいピストンを欲しているらしい。焦れたように尻を左右に揺らしては、膣でペニスを締めつける。愛蜜がどんどん溢れており、股間はお漏らししたように濡れていた。

「お願いです、もっと……」

そこまで言われたら、遠慮している場合ではない。志郎も動きたくてたまらなかった。

「じゃあ、いきますよ」

腰振りの速度をあげて、肉棒を力強くえぐりこませる。とたんに締まりも強くなり、快感が一気に跳ねあがった。

「あああッ、い、いいっ」

奈緒の喘ぎ声が大きくなる。

とくに膣の奥が感じるらしい。亀頭を思いきりたたきこむと、女体に震えが走り抜ける。それを何度もくり返せば、女体の震えが激しくなり、喘ぎ声のトーンが明らかにあがった。

「はあああッ、い、いいっ、いいっ、あああッ」

「お、俺も、気持ちいいですっ、おおおおッ」

射精欲がふくれあがり、自然とピストンが加速する。快感が快感を呼び、もう昇りつめることしか考えられない。腰を思いきりたたきつけると、彼女の尻がパンッという乾いた音を響かせた。

「おおおッ、おおおおおッ」

志郎は獣のような唸り声をあげている。ひたすら欲望にまかせて腰を振り、膣奥を亀頭でノックした。

「はあああッ、い、いいっ、す、すごくいいですっ」

奈緒の声はうわずっている。急速にふくれあがる快楽に流されて、腰を艶めかしくよじった。

「くううッ、くおおおおッ」

「ああッ、ああッ、イ、イキそうっ」

絶頂が迫っていることを訴えて、背すじをさらに反らしていく。そんな奈緒の喘ぎ声が引き金となり、志郎は思いきりペニスを打ちこんだ。

「おおおおッ、も、もう出るっ、おおおおッ、おおおおおおおッ!」

一気に昇りつめて、膣の奥で射精を開始する。愉悦の大波が押し寄せたと思ったら、抗う間もなく呑みこまれた。

「あああッ、わ、わたしも、イクッ、イクイクううううッ!」

奈緒もアクメのよがり泣きを響かせる。生々しい声をあげながら、ペニスをさらに締めつけた。

「くおおおおッ」

射精中に太幹を絞りあげられるのが気持ちいい。媚肉のなかでペニスがビクビクと脈動して、さらに精液を放出する。吸われているような錯覚に陥り、たまらず奈緒の尻を抱えこんだ。

「あああッ、いいっ、気持ちいいですっ」

「ううッ……くうううッ」

志郎はまともに話すこともできず、ただ唸りつづける。凄まじい快感が突き抜けて、驚くほど大量のザーメンを放出した。

5

ふたりは絶頂の急坂を駆けあがり、ようやく降りてきたところだ。汗ばんだ身体を寄せ合って、貪るようなディープキスを交わしていた。

「奈緒さん……」

「ああンっ、小山田さん」

名前を呼び合うことで、さらに気分が盛りあがる。身体だけではなく、心までひとつになれた悦びを噛みしめた。

唇を離しても、身体を離すことはない。ふたりはしばらく無言のまま抱き合っていた。

そろそろ服を着ようと思ったときだった。

「さっきのことなんですけど……」

奈緒が遠慮がちに切り出した。

「やっぱり、幽霊だと思うんです。社長の亡くなった愛人が、まだあの部屋にいるのではないでしょうか」

幽霊は見えなくても、確信しているようだ。

なにしろ、奈緒は強烈なポルターガイストを目の当たりにしている。あの部屋で亡くなった社長の愛人と結びつけるのは自然なことだった。

「俺、そういうことはさっぱりで……」

志郎はなんとか惚けてやり過ごそうとする。ところが、奈緒は疑うような目で顔をのぞきこんだ。

「もしかして、見えるんじゃないですか」

「み、見えるって?」

首をかしげて意味がわからないふりをする。しかし、奈緒は追及をやめようとしない。

「寝室に向かって、なにをしゃべったんですか」

「だ、だから、俺も混乱していたから……」

「確か、誤解だって言ってましたよね。怒っている人を必死に宥めるような感じでした」

奈緒はそこで言葉を切ると、志郎の反応をうかがうようにじっと見つめる。

幽霊は見えなくても、勘は鋭いのかもしれない。志郎に霊感があると気づいているのではないか。

（いっそのこと……）

真実を打ち明けたい。奈緒にだけは隠しごとをしたくなかった。

霊感があるというのはやっかいだ。今は秘密にしているが、子供のころは隠していなかった。

あれは幼稚園のときだ。おばけがいると口にして、友達に気味悪がられたことが記憶に残っている。霊感をコントロールできるようになるまでは、幽霊の声が聞こえて反応したり、突然、姿が見えて驚いたりすることがよくあった。そのたびにヘンなやつというレッテルを貼られた。

霊感があるせいで、大勢の友達を失った。そんな過去があるので、霊感があることを隠して生きるようになったのだ。

奈緒も志郎に霊感があるとわかったとたん、離れていくのではないか。距離が縮まったと感じているからこそ、打ち明けるのを躊躇する。せっかくの関係を崩したくなかった。

「見えると仮定すると、小山田さんの行動がすべて説明つくんですけど……」

まだ奈緒は疑っている。

「幽霊が見えたら怖いじゃないですか」

それは本心から出た言葉だ。

嘘ではないということが伝わったらしい。奈緒はそれ以上、尋ねてくることはなかった。

第四章　もう一度だけ

1

明け方、志郎は奈緒にお金を借りて、タクシーでマンションに戻った。

コンシェルジュは相変わらず無表情だ。目が合うと会釈はするが、とくに言葉を発することはなかった。

エレベーターで五十五階にあがり、扉が開くと強烈な緊張感に襲われた。

愛華の怒りは鎮まっているだろうか。ダブルベッドを投げつける寸前で逃げ出した。寝室が破壊されている可能性もある。帰りたくないが、ずっと帰らないわけにもいかなかった。

部屋の前まで行くと、意を決して玄関ドアを開く。慌てて飛び出したので、明かりはついたままだ。シーンと静まり返っている。寝室のドアが見えるが、とくにいやな感じはしなかった。

(でも、油断はできないぞ……)

足音を忍ばせて寝室に歩み寄る。

耳を澄ますが、なにも聞こえない。怒気も伝わってこないが、なにしろ愛華の感情は起伏が激しい。まったく安心はできなかった。

恐るおそるドアを開けて、寝室のなかをのぞきこむ。明かりは消えており、やはり物音ひとつしない。

「愛華さん……どこにいるんですか?」

遠慮がちに声をかける。

まだ愛華が怒っているかもしれないので、まずは廊下から様子をうかがう。ダブルベッドはもとの場所に戻っている。ベッドメイキングもされているため、昨夜の名残はいっさいなかった。

(もう、怒ってないのかな?)

室内をさっと見まわすが、愛華の姿は見当たらない。

昨夜の感じからすると、まだ成仏はしていないだろう。どこかに身を潜めているはずだが、まったくわからない。比較的、気持ちが落ち着いているのかもしれなかった。

「入りますよ」

念のため声をかけながら、寝室に足を踏み入れる。

ベッドの陰を確認するが愛華はいない。そうなると、残るはクローゼットのなかしかない。

「愛華さん、そこにいるんでしょう？」

扉ごしに呼びかけるが、いっさい反応はなかった。

「開けていいですか？」

幽霊とはいえ、相手は女性だ。いきなり開けるのは失礼な気がする。もう一度、声をかけてからクローゼットの扉を開いた。

吊ってあるスーツをかきわけると、右端の隅にしゃがみこんでいる人影が目に入った。死に装束に身を包み、体育座りをしている。自分の膝に顔を埋めているが、まず愛華で間違いないだろう。

寝ているのかと思ったが、肩が小刻みに揺れている。どうやら、声を押し殺して泣いているらしい。

「大丈夫ですか？」

幽霊にかける言葉としては間違っている気がする。しかし、愛華の姿を見ていると、気の毒な気持ちになってしまう。

「帰ってきてくれたのね」

ひどく淋しげな声だった。愛華はゆっくり顔をあげると、涙で濡れた瞳で志郎を見つめた。

「また、ひとりになっちゃうのかと思って……」

「ここに住んでるんだから、帰ってくるに決まってるじゃないですか」

「そんなのわからないでしょ……わたしのことがいやになって、もう帰ってこないと思ったんだもの」

愛華はそう言って、真珠のような涙で頬を濡らす。

どうやら、昨夜のことを気にしているらしい。我を忘れるほど怒り狂っていたが、それでも自分の行動は記憶に残っているようだ。ひとりになって怒りが鎮まり、反省したのだろう。ベッドをきれいに直して、志郎が戻るのを待っていたに違いない。

　タワーマンションの最上階にある寝室で、地縛霊になってしまったため、人に接する機会は限られている。部屋を借りた人が、優吾のように霊感がないと孤独なってしまう。だから、愛華にとって志郎は貴重な存在なのだ。

「少しお話をしませんか」

　志郎はクローゼットの前で腰をおろした。

　床で胡座をかくと、あらためて愛華と向き合う。今なら彼女も落ち着いているので、話を聞いてもらえるはずだ。

　とはいっても、幽霊が苦手なことに変わりはない。

　しかし、かかわってしまった以上は、愛華が成仏できるように手伝いをするつもりだ。そのための第一歩として、まずは正確な情報を伝えて、愛華の暴走を抑えるべきだと考えた。

「隣に住んでいる香菜子さんですが、愛華さんが思っているような幸せいっぱいの夫婦ではないようです」

「そんなことないわ。いつ見てもキラキラしていたもの」

　愛華は納得いかない様子でつぶやく。だからといって、今のところ怒り出す気配はない。

「それは愛華さんの思いこみですよ。俺は直接お話をしたのでわかります。旦那さんの浮気で苦労をされているようです」

「そうなの?」

「はい、悲しそうに泣いていました」

志郎が見聞きしたことを話すと、愛華は小さく息を吐き出した。

愛華は鋭いところがあるので嘘は通用しない。だが、それは逆に言えば、正直な言葉はしっかり伝わるということだ。

「わたしの勘違いだったのね」

「それと、不動産屋の奈緒さんのことです。あの人は、社長の新しい愛人ではないですよ」

「ウソよっ」

一瞬、愛華の目つきが鋭くなる。しかし、志郎の目を見つめて、すぐに気持ちは静まった。

「そう……それもわたしの勘違いなのね」

愛華はぽつりとつぶやき、体育座りのまま膝の上に顎を置く。ひどく淋しげな表情になっていた。

「わたし、いつになったら成仏できるのかしら……」

自分でもどうすればいいのかわからないらしい。

愛華の未練を突きとめなければ、いつまで経っても成仏できない。地縛霊になったのだから、この寝室にこだわりがあるのだろう。やはり逢瀬をくり返していた社長に会うしかないのではないか。

(俺がなんとか……)

心のなかでつぶやき、眉間に縦皺を刻みこんだ。

愛華は寝室から出られないので、社長を連れてくるしかない。しかし、志郎は社長と面識がない。それに社長は愛人が病死した部屋になど入りたくないはずだ。そんな相手をどうやって連れてくればいいのだろうか。

(そんなの無理だ)

志郎は思わず首を小さく左右に振った。

「隆也さんに会いたい」

そのとき、愛華が涙声でつぶやいた。

「もう、結ばれないのはわかってる。でも、最後にひと目だけでも隆也さんに会いたい」

きた。

「ねえ、志郎……隆也さんを連れてきて」

愛華がクローゼットから這い出てくる。そのまま志郎に迫り、腕に縋りついてきた。

「そ、それは……」

「お願い。ここに連れてくるだけでいいの」

愛華の感情の昂りに同調して、クローゼットの扉がカタカタと震え出した。

気持ちはわからないでもないが、志郎にはむずかしいミッションだ。だからといって、無下に断ることもできない。そんなことをすれば、また愛華が暴走するのは目に見えていた。

(ど、どうすればいいんだ……)

すぐには返事をできない。すると、愛華が焦れたように身をよじった。

「今、やっとわかったの。わたし、隆也さんにお別れを言いたかったんだわ。そうすれば、きっと成仏できると思う」

そう言われて納得する。

不倫とはいえ、愛華は本気で社長のことを愛していた。予期せぬ病気でこの世を去ったことが無念でならないはずだ。せめて最後に別れを告げたいと思うのは当然のことだった。

「一生のお願いよ。って言っても、もう死んじゃってるけど……とにかく、隆也さんを連れてきて」

涙ながらに懇願されて、突き放すことはできない。

「わ、わかりました」

つい調子のいいことを言ってしまう。

しかし、愛華を成仏させるのに、ほかの方法はない。なんとかして、社長を連れてくるしかなかった。

「よかった。隆也さんに会えるのね」

愛華が瞳をキラキラさせる。

そのとき、ふといやな予感がした。愛華の瞳の奥に、不穏な光が見えた気がしたのだ。

（まさか、あれは……）

冷水を浴びせかけられたように背すじがひんやりした。

未練のある者が幽霊となって現世を漂う。未練が解消できれば成仏するが、時間がかかりすぎると悪霊になってしまうことがある。悪霊に変化するまでの期間は、幽霊によってまちまちだ。数週間のこともあれば、何年も経ってからということもある。

愛華が亡くなったのは半年前だ。

瞳の奥に見えた不穏な光は、悪霊に変化する前兆ではないか。

万が一、悪霊になってしまったら、もう志郎の手には負えない。霊媒師などの専門家に頼んで、強制的に成仏させるしかなかった。

強制的な成仏は幽霊に苦痛を与えるらしい。

愛華につらい思いはさせたくない。悪霊になる前に、志郎がなんとかするしかなかった。

2

(今朝はあんなこと言っちゃったけど……)

志郎は仕事を終えて帰宅する途中だ。

晩ご飯は会社の近くの牛丼屋ですませてきた。帰ったらゴロゴロしたいところだが、愛華に急かされそうで気が重かった。

決して安請け合いしたわけではない。愛華の心情を考えると、やはり成仏するには社長に会うしかないだろう。

しかし、考えれば考えるほどむずかしい。愛華の幽霊がいることを打ち明けても、怖がって来ない気がする。一度警戒されてしまったら、さらにむずかしくなってしまう。

(悪霊になる前に、なんとかしないと……)

残された時間はそれほどない気がする。朝から仕事の合間にあれこれ考えていたが、妙案は思いつかなかった。

「ううっ……」

つい声に出して呻いてしまう。

周囲の目が気になり、慌てて歩調を速める。もうマンションが見えるところまで来ていた。

「どうかされましたか?」

ふいに背後から声をかけられてはっとする。驚いて振り向くと、そこには香菜子が立っていた。

「あっ……こ、こんばんは」

志郎は頬の筋肉をこわばらせながら反射的に挨拶する。

身体の関係を持ってから気まずくなり、廊下で見かけてもまともに言葉を交わしていなかった。

おそらく、彼女のほうも同じ気持ちだったと思う。成り行きでセックスしただけで、互いに恋愛感情が芽生えたわけではない。だからといって、嫌いになったわけでもなかった。

とにかく、あの夜のことはふたりだけの秘密だ。

話し合ったわけではないが、暗黙の了解というやつだ。視線を合わせることなく、会釈するだけの関係になっていた。

(それなのに、どうして……)

今日に限って声をかけてきたのだろうか。志郎はわけがわからないまま、微かに首をかしげた。

「ごめんなさい。つい声をかけてしまいました」

こちらの気持ちが伝わったのかもしれない。香菜子は申しわけなさそうに頭をさげた。

スーパーからの帰りらしい。手に買い物袋をぶらさげており、長ネギが飛び出していた。白いブラウスに小花を散らした柄のフレアスカートを穿いている。春らしい服装が似合っていた。

「すごくむずかしい顔をされていたから……ご迷惑でしたよね」

香菜子はそう言って、立ち去ろうとする。もしかしたら、拒絶されたと勘違いしたのかもしれない。

「い、いえ、そんなことは……」

志郎は慌てて呼びとめた。

「俺のほうこそ、せっかく声をかけていただいたのにすみません。ちょっと驚いてしまって……またお話ができてうれしいです」

正直な気持ちを伝えると、香菜子は口もとに微かな笑みを浮かべた。

「外だから少しならいいかなと思って、声をかけてしまいました」

確かにマンション内で親しげに話をするのは気が引ける。しかし、外だと気が緩むものだ。

「でも、旦那さんに見られたら……」

「出張中なんです。だから大丈夫です」

「なるほど……」

志郎は視線をさりげなくそらした。

掘りさげてはいけない話題だ。確か旦那は出張だと嘘をつき、浮気をしているという話だった。

「やっぱり、やさしいですね」

マンションに向かって歩きながら、香菜子が楽しげに笑う。

(あれ?)

なにかが以前とは変わった気がする。香菜子の表情がずいぶん明るくなったように見えた。

「じつは、夫が謝ってきたんです。俺が悪かった。心を入れ替えるから、やり直してくれって」

「えっ、そうなんですか?」

「わたしも浮気をしたのがよかったみたいです。気持ちの問題だと思うんですけど、なにか吹っきれた感じがしていたの。そんなわたしを見て、夫は離婚を切り出されるんじゃないかと思ったみたいです」

「へえ……」

恋愛経験の乏しい志郎には、まだわからない話だ。

男と女の関係というのは謎めいている。こういうのを駆け引きというのだろうか。いや、香菜子は駆け引きをしたわけではない。結果として、たまたまよいところに収まったのだろう。

「ところで、ずいぶんむずかしい顔をして歩いていましたけど？」

香菜子が顔をのぞきこんでくる。

——今度はあなたが話す番よ。

そう言いたげな雰囲気だ。

確かに夫婦の秘密を聞かされて、自分だけ黙っているわけにはいかない気もする。しかし、気軽に話せる内容ではなかった。

「ウチのマンション、壁が厚くて騒音対策がしっかりしてあるらしいんです」

ふいに香菜子が語りはじめる。

「でも、最近になって、ときどき大きな音が聞こえるようになったんです」

「それ……ウチかもしれません」

志郎は黙っていられずつぶやいた。

おそらく、愛華が怒りを爆発させたときの騒音だ。あれだけ大きな音を立てれば、隣の部屋に響いてもおかしくない。

「すみません。ちょっと、事情がありまして……」

「騒音の苦情ではないですよ。ただ、この間のこともあったので、ちょっと気になっていたんです」

香菜子も被害に遭っている。愛華に嫉妬されて、霊現象を目の当たりにしているのだ。

生前のことは知らないが、愛華は幽霊になったことで感情の起伏が激しくなっている。また騒音で迷惑をかけることがあるかもしれない。それなら、今のうちに説明しておくべきだろうか。

(でも、それには……)

自分に霊感があることも話さなければならない。

悩んでいるうちに、マンションの前に到着してしまう。すると、香菜子がにっこり微笑んだ。

「つづきはウチでどうかしら?」

3

（また来てしまった……）

思わず心のなかでつぶやき、室内に視線をめぐらせた。

今、志郎はもう二度と来ないであろうと思っていた552号室のリビングにいる。ソファに腰かけており、目の前のローテーブルには湯気を立てるティーカップが置いてあった。

そして、隣には香菜子が座っている。微笑を浮かべて、緊張している志郎の横顔を見つめていた。

「なにか召しあがりますか？」

「いえ……食べてきたので」

平常心を保とうとするが、どうしても先日、セックスしたことが脳裏に浮かんでしまう。

なにしろ、生身に限定すれば、香菜子がはじめての女性だ。

幽霊も含めると愛華に筆おろしをしてもらったことになるが、生きている女性では香菜子が初体験の相手になる。この状況で緊張するなというほうが無理な話だった。

(困ったな……)

ただ並んで座っているだけなのに股間が疼いてしまう。

香菜子にその気がないのはわかっている。夫が反省して、やり直すことになったのだから浮気などするはずがない。話をするために志郎はここにいる。それなのに、ひとりでそわそわしていた。

「そ、それで、騒音の件なのですが――」

動揺をごまかすために切り出した。

「騒音というほどではないんです。ちょっと物音が聞こえただけですから」

香菜子は気を使ってくれる。

だが、防音対策がされているのに音が聞こえたのは事実だ。そして、くり返される可能性がある以上、黙っているわけにはいかなかった。

「じつは、なにか出るみたいなんです」

どんな反応をするか気にしながら、慎重に語りはじめる。過剰に怖がるようなら、途中でやめるつもりだ。

「なにかって？」

「たぶん……おばけ的なものです」

なんとか緩やかな表現をしようとするが、あまり意味はない。香菜子の顔に緊張が走るのがわかった。

「幽霊が出るということですか？」

「ま、まあ、そうなんですけど、寝室だけなんで……その幽霊が、ときどきいたずらをして音を立ててしまうんです」

「この間、物が浮いていたのは、そういうことなんですね」

香菜子は硬い表情のまま、納得したようにうなずいた。

「でも、とくに害はないんです。優吾は半年も住んでいたけど、問題はなかったみたいで……悪い幽霊ではないと思うんです」

志郎は自分に霊感があることは隠して、必死にまくし立てる。

「ただ、今後も音を立てることがあるかもしれないので……なんというか、ご了承いただきたいというか……」

「幽霊のことを庇《かば》っているのですか？」

香菜子が不思議そうな顔をする。

そう言われてみれば、この流れだと志郎が幽霊を庇っているようだ。そんなつもりはなかったが、結果としてそういうことになっていた。

「なんだか、おかしいですね」

香菜子が微笑んでくれたのでほっとする。

怖がられた挙げ句、志郎のことを変人あつかいすることを心配していた。しかし、この感じなら大丈夫そうだ。

「その幽霊、女性なんですね」

「えっ……」

唐突に鋭い指摘を受けて、思わず絶句してしまう。

まさか、香菜子にも見えるのだろうか。いや、そんなはずはない。あの夜、香菜子は物が浮いていることに激しく動揺していた。

(それなら、どうして……)

志郎が怪訝な顔をすると、香菜子は「ふふっ」と笑った。

「だって、必死に庇うから、よっぽど美人な幽霊なんだろうと思って」

香菜子の言葉にますます動揺してしまう。

当たらずといえども遠からずといった感じだ。美人だから庇ったわけではないが、愛華が美人なのは間違いなかった。

「なんとか成仏させてあげたくて……」

言った直後に失敗したと思う。

今のひと言で、霊感があることがバレたのではないか。動揺したことで、ついよけいなことを口走ってしまった。

「いい人ですね」

香菜子は楽しげに笑っている。

よくわからないが、なんとか危機は回避できたらしい。香菜子が好意的に受け取ってくれたことで助かった。

「幽霊にもやさしくするなんて、なかなかできることじゃないですよ」

「そんな、おおげさなことでは……」

「わたしもやさしくしてもらいましたから」

香菜子の言葉にドキリとする。

志郎を見つめる瞳が、しっとり濡れて見えるのは気のせいだろうか。もしかしたら、彼女もあの夜のことを思い出しているのではないか。そう思うと、またしても股間が疼きはじめた。

（ま、まずい……勃つなよ）

心のなかで愚息に命じる。

しかし、ボクサーブリーフのなかで目を覚ましたペニスが、むくむくとふくらみはじめてしまう。スラックスの前が少しずつ持ちあがる。志郎はそれをごまかすために、慌てて脚を組んだ。

「志郎くん……」

急に名前で呼ばれて、胸の鼓動が速くなる。

緊張が高まり、志郎はなにも答えることができない。ただ黙って彼女の整った顔を見つめていた。

「お隣に引っ越してきてくれてよかった。志郎くんに出会っていなかったら、わたしたち夫婦は終わっていたかもしれないわ」

「お、おれは、なにも……」

「ううん、志郎くんはわたしの救世主よ」

手を握られて、さらに胸の鼓動が速くなる。全身の毛穴が開き、汗がどっと噴き出した。

「最後にもう一度……」

すべてを語らなくても、香菜子の考えていることが伝わった。

「で、でも……」

「一度も二度も同じですよ」

香菜子はそう言って、志郎の手を握ったまま立ちあがる。

「これで本当に最後……いいでしょ?」

夫とやり直せることになって喜んでいたのに、志郎を寝室へと誘っている。

なにを考えているのかわからない。心の奥底では、浮気をした夫を許していないのではないか。そんな気がしてならなかった。

4

「ンンっ……志郎くん」

香菜子の色っぽい声が、鼓膜をやさしく振動させる。

サイドテーブルのスタンドのぼんやりした明かりが寝室をムーディに彩っていた。

今、志郎と香菜子はダブルベッドの前に立っている。熱い抱擁を交わしながら唇を重ねていた。

舌をねっとりからませて、唾液を交換しては嚥下する。互いの味を確認することで、気持ちがどんどん高揚していく。

(俺、また香菜子さんと……)

人妻とキスしていると思うだけで、ますますペニスが硬くなる。

背中にまわしていた両手をおろして、スカートの上から尻を撫でまわす。たっぷりした肉づきと、布地ごしでもわかる柔らかさがたまらない。指をめりこませて引き寄せれば、スラックスのふくらみが彼女の下腹部に密着した。

「あンっ、硬いです」

香菜子が唇を離してささやく。

甘い吐息が鼻先をかすめることで、さらに欲望が刺激される。志郎はわざと股間をグリグリと押しつけて、彼女の照れる反応を楽しんだ。

「この間のことを思い出したら、興奮しちゃって……」

「ああっ、わたしもです。また志郎くんと……」

香菜子はうわずった声で告げると、再び唇を重ねてキスをする。彼女のほうから舌を入れて、口内をねぶりまわしてきた。

「うむっ……か、香菜子さん」

志郎は呻きながら、反撃とばかりに舌を伸ばす。彼女の口のなかを舐めまわして、甘い唾液をジュルジュルとすすり飲んだ。

「はああンっ」

香菜子のテンションもあがっているらしい。両手で志郎の尻を抱えこむと、強く引き寄せる。その結果、彼女の柔らかい下腹部に、志郎の硬くなった股間がグリグリとめりこんだ。

「ううっ……」

それだけで快感がひろがり、呻き声が漏れてしまう。

もう居ても立ってもいられない。志郎は彼女のブラウスのボタンを引きちぎる勢いではずして、上半身からむしり取る。さらにはスカートを脱がすと、ストッキングも一気におろした。

「あんまり見ないで……」

白いブラジャーとパンティだけになり、香菜子が顔を赤くして身をよじる。

だが、恥ずかしがっているだけではない。志郎のネクタイをほどいてワイシャツを脱がすとスラックスもおろしていく。

志郎もボクサーブリーフ一枚になる。股間は大きくふくらんでおり、ペニスの形がはっきり浮かんでいた。

「こんなに大きくして……」

香菜子の手がボクサーブリーフの股間にそっと重なる。やさしく撫でられただけで、ペニスの先端から我慢汁が溢れ出した。

「くうっ」

「気持ちいいですか?」

ささやくような声も、牡の欲望を煽り立てる。

志郎は彼女の背中に両手をまわすと、ブラジャーのホックをはずす。とたんにカップを押しのけて、大きな乳房がまろび出る。釣鐘形のたっぷりしたふくらみで、紅色の乳首は触れてもいないのに屹立していた。

「もう、こんなに……」

硬くなった乳首を目にして、欲望が抑えられなくなる。次の瞬間、ほとんど無意識のうちに顔を寄せると、乳首にむしゃぶりついていた。

「ああァッ、志郎くんっ」

香菜子が甘ったるい声を漏らして、両手で志郎の頭を抱きかかえる。指を髪のなかに差し入れると、情熱的にかきまわした。

そんな彼女の反応が、志郎の愛撫を加速させる。口に含んだ乳首に舌を這わせて舐めまわす。チュウチュウと吸いあげて、さらに硬くなったところを前歯で甘嚙みした。

「いっ、いいっ、あああッ」

艶めかしい声が寝室に響く。それと同時に女体が敏感に反応して、くびれた腰が左右にくねる。

(香菜子さん、感じてるんだ)

充血した乳首をしゃぶることで、志郎もますます昂っていく。ペニスがさらに硬くなり、我慢汁が噴き出した。

志郎は絨毯に両膝をつくと、パンティに指をかけてスルスルと引きさげる。左右のつま先から交互に抜き取り、陰毛がそよぐ恥丘に鼻先を押しつけた。そのまま深呼吸をすれば、チーズにも似た香りが鼻腔に流れこむ。牡を発情させる牝の匂いだ。

「ああっ、香菜子さんっ」

志郎は女体をベッドに押し倒すと、ボクサーブリーフを脱ぎ捨てペニスを剝き出しにする。張りつめた亀頭は我慢汁まみれで、ヌラヌラと妖しげな光を放っていた。

早くひとつになりたくて、女体に覆いかぶさろうとする。ところが、香菜子に手を引かれて仰向けになった。

「慌てないでください。最後だから、じっくり楽しみましょう」

「な、なにを……」

志郎は思わずとまどいの声を漏らす。セックスしたくてたまらないのに、直前で取りあげられた気分だ。

「夫とはできないこと、してみたいんです」

香菜子は身体を起こすと、逆向きになって志郎に覆いかぶさる。

顔をまたいで裸体を密着させるシックスナインの体勢だ。志郎の目の前に、彼女の股間が迫っている。サーモンピンクの陰唇から愛蜜が大量に溢れており、内腿までぐっしょり濡れていた。

(まさか、香菜子さんがこんなことまで……)

いつか経験したいと思っていたことが現実になっている。

しかも、相手は人妻で、ここは夫婦の寝室だ。それを考えると、なおさら興奮がふくれあがった。

「もうドロドロじゃないですか」

女陰を見つめてつぶやけば、香菜子は恥ずかしげに尻を振る。視線が刺激になったのか、割れ目から新たな汁が湧き出した。

「ああっ、見ないで……」

口ではそう言いながら、興奮しているのは明らかだ。香菜子はペニスに細い指を巻きつけると、亀頭に熱い息を吹きかけた。

「志郎くんの、すごく硬いです」

ついに柔らかい舌が亀頭に触れる。我慢汁が付着するのも構わず、ねちっこく舐めはじめた。

「ううッ、こ、こんなこと……」

志郎はとまどいの声を漏らしながら、両手で香菜子の尻を抱えこむ。尻たぶに指をめりこませると、首を持ちあげて陰唇にキスをした。

「はああンッ」

香菜子が甘い声をあげる。尻の筋肉に力が入り、キュッと硬くなった。それでも愛撫を中断することなく、亀頭をペロペロと舐めつづける。

「か、香菜子さんっ、くううッ」

「もっと気持ちよくなって……」

舌先が張り出したカリの裏側に入りこむ。ゆっくりと這いまわり、唾液をたっぷり塗りつける。さらには亀頭の先端に移動して、敏感な尿道口をチロチロとくすぐった。

「そ、それ、すごいです……うううッ」

志郎も呻きながら女陰にむしゃぶりつく。割れ目に舌を這わせては、愛蜜をすすりあげて飲みくだす。さらには舌をとがらせて、蕩けた膣口にヌプリッと埋めこんだ。

「はあああッ、い、いいっ」

香菜子が甲高い喘ぎ声をあげる。

舌先を出し入れすれば、尻たぶがブルブルと震え出す。膣道がうねり、愛蜜の量も一気に増えた。

「うむッ……香菜子さんのここ、グショグショですよ」

「いや、言わないで……はむううっ」

ついに香菜子の唇が亀頭に覆いかぶさる。ペニスを口内に収めると、首をゆったり振りはじめた。

「おおッ、き、気持ちいいっ」

たまらず股間を突きあげると、肉棒が彼女の口内に深く刺さった。

「あううッ」

香菜子の苦しげな声が聞こえる。

亀頭が喉奥を突いているが、それでもペニスを吐き出すことはない。ねちっこいフェラチオをつづけて、次から次へと快感を送りこんできた。

「ううッ……そ、それなら、俺も」

志郎の愛撫にも自然と熱が入る。舌を猛烈な勢いで出し入れして、膣のなかをかきまわす。たまっている愛蜜を舌先でかき出しては、唇を密着させて思いきり吸引した。

「あああッ、い、いいっ」

「おおおッ、す、すごいです」

香菜子の喘ぎ声と志郎の呻き声が交錯する。

濃厚なシックスナインで、ふたりは同時に高まっていく。互いの性器を舐めしゃぶることで、瞬く間に快感が膨張する。遠くで生じた絶頂の大波が、轟音を響かせながら一気に押し寄せた。

「はあああッ、も、もうダメですっ、あああッ、イクッ、イクううッ！」

女体がバウンドするようにうねり、舌が埋まった膣口が思いきり収縮する。愛蜜がプシャアアッと霧状に噴き出して、志郎の顔に吹きかかった。

「おおおッ、お、俺も、で、出るっ、ぬおおおおおおッ！」

たまらず雄叫びをあげながら、熱い口腔粘膜に包まれたまま射精する。シックスナインでの同時絶頂だ。ペニスが口のなかで激しく暴れまわり、凄まじい快感が突き抜けた。

愛蜜の顔面シャワーを受けながら、精液を大量に放する。夫婦の寝室で、人妻の口のなかにザーメンをぶちまけたのだ。背徳的な興奮が押し寄せて、ますます愉悦が大きくなった。

5

「わたしが、上になってもいいかしら」

香菜子が火照った顔でつぶやいた。

シックスナインで絶頂に達した直後だが、当然のようにセックスするつもりでいる。いったん志郎の上から降りると、股間にまたがり直す。両足の裏をシーツにつけた騎乗位の体勢だ。

「ここで、いいんですか?」

今さらながら問いかける。

香菜子は夫とやり直すと言っていた。それならば、夫婦の寝室ではなく、ほかの場所のほうがいいのではないか。あとになって罪悪感に苦しむのではないかと気になった。

「そんなこと言って、硬いままじゃないですか」

香菜子が右手を伸ばして太幹をそっとつかむ。大量に射精したのに、ペニスはまったく萎える気配がなかった。

「ううっ、そ、それは……」

ゆるゆるとしごかれて、甘い快感がひろがっていく。先端から精液まじりの我慢汁が溢れ出した。

「志郎くんは、いやなんですか?」

「い、いやじゃないです……でも、香菜子さんが、あとでつらい思いをするんじゃないかと思って……」

　呻きまじりに告げると、彼女の口もとに妖しげな笑みが浮かんだ。

「さっき言ったじゃないですか。夫とはできないことがしたいって」

「言ってましたけど、ここでは……うう っ」

　亀頭に女陰が擦りつけられる。愛蜜と我慢汁がまざり合って、ヌルヌル滑るのがたまらない。

「夫婦の寝室だからいいんじゃないですか。悪いことをしてる感じがして、興奮しませんか？」

　香菜子の言葉とは思えない。最初に会ったときの印象とは、ずいぶん違っている。がに股で中腰になり、亀頭の先端と女陰を擦り合わせているのだ。

「ねえ、興奮するでしょう？」

「し、します……ううッ、すごく興奮します」

　快楽の呻きを漏らしながら、頭の片隅で考える。

　やはり香菜子は夫の浮気を根に持っているのではないか。夫婦の寝室で、夫以外の男とセックスすることで気を晴らそうとしているのかもしれない。彼女が望むのなら、拒絶するつもりはさらさらなかった。

「あああッ、入ってくるわ」

香菜子が腰を落として、亀頭が膣口に沈みこんだ。

首を持ちあげて股間を見やれば、己のペニスが膣に突き刺さっている。香菜子が膝を左右に大きく開いているので、結合部分がまる見えだ。さらに太幹も瞬く間に呑みこまれて、根もとまで完全に見えなくなった。

「ううッ、あ、熱いです、香菜子さんのなか……」

女壺のなかはマグマのようにドロドロだ。無数の膣襞が肉棒にからみつき、咀《そ》嚼《しゃく》するように蠢いていた。

「ああンっ、すごい……夫のより、ずっと大きい」

香菜子がうっとりした顔でささやき、腰をゆったり回転させる。膣内のあらゆる場所にペニスを擦りつけて、快楽を貪っていた。

「あンっ……ああンっ」

「そ、そんなに動いたら……うむッ」

こみあげる快楽を懸命にこらえる。

まだまだ経験の浅い志郎では、人妻の欲深さに対抗できない。すっかり受け身にまわり、射精をこらえるだけになっていた。

「大きいから、ゴリゴリ擦れるの……はあンっ」

香菜子の動きが激しさを増していく。円を描くように動いていた腰が、ねちっこい前後動に変化する。クリトリスを擦りつけながら、股間をリズミカルにしゃくりはじめた。

「うおッ、そ、それ、すごいですっ」

志郎は思わず大声で唸った。

ペニスを絞りあげられるのがたまらない。熱い媚肉が激しくうねり、常に快楽を生み出している。人妻が乳房を揺らしながら腰を振る姿も興奮を誘う。このままだと、すぐに限界が来るのは目に見えていた。

「くッ……」

快楽に流されそうになるのを必死にこらえて両手を伸ばす。下から乳房を揉みあげて、しこった乳首を摘まみあげた。

「ああンッ、ダ、ダメよ」

香菜子が困ったような声を漏らす。眉を八の字に歪めて、腰の動きが緩やかになった。

「どうして、ダメなんですか?」

「そ、そこは感じちゃうから——はあンッ」

さらに乳首をクニクニと転がせば、香菜子の喘ぎ声が大きくなる。

そうやって愛撫を加速させることで、主導権を奪い返す。香菜子の腰の動きが完全にとまった隙に、志郎は上半身を起こして女体を抱きしめた。

「あああッ、なにするんですか？」

「こういうの、一度やってみたかったんです」

困惑する香菜子を抱いて体勢を整える。結合したまま胡座《あぐら》をかき、股間に女体を乗せあげた対面座位だ。

乳房と胸板が密着することで、柔らかさが伝わってくる。乳首が硬くしこっているのもわかり、さらに興奮が高まっていく。胡座をかいた膝を揺すれば、女体が上下に動いてペニスがヌプヌプとスライドした。

「ああッ……ああッ……ダ、ダメぇっ」

香菜子は慌てて志郎の体にしがみつく。受け身にまわると、一転して弱々しい声をあげはじめた。

「こういうの、旦那さんとしたことあるんですか？」

「あ、ありません……あああッ」

わざと夫のことを思い出させれば、香菜子の喘ぎ声は大きくなる。夫以外のペニスで貫かれて、愛蜜を垂れ流しながら感じていた。

「へえ、そうなんですか。俺のほうが先だと思うと興奮するな」

膝の動きを速くして、女体を上下に激しく揺する。真下から男根を突きこんで、女壺の奥までかきまわした。

「あああッ、い、いいっ、はあああッ」

対面座位で香菜子が喘ぎまくる。志郎の腰の動きに合わせて、彼女も腰をグイグイと振りはじめた。

「おおおッ、絞られるみたいだっ」

志郎も快楽の呻きをまき散らし、全力でペニスをたたきこむ。

人妻とのセックスは背徳的で、うしろめたさをともなう愉悦が強烈だ。いつしか昇りつめることしか考えられなくなり、腰の動きが加速する。ふたりは見つめ合って舌をからめると、絶頂への急坂を駆けあがった。

「ああああッ、イクッ、イクイクッ、はあああああああッ!」

「おおおおッ、も、もうダメだっ、で、出るっ、ぬおおおおおおおッ!」

香菜子が絶頂を告げると、それに釣られて志郎も一気に昇りつめる。

膣が猛烈に締まり、太幹を奥へ奥へと引きこんでいく。志郎は彼女のくびれた腰を抱きしめて、思いきりザーメンをぶちまけた。

「あひいいいッ、いいいっ、いいいっ、はあああああッ！」

「おおおおッ、くおおおおおおおッ！」

香菜子が裏返った嬌声をあげれば、志郎は獣のような咆哮を響かせる。

ここが夫婦の寝室だということを忘れたわけではない。むしろ覚えているからこそ、快感はより深いものへと変化する。

まるで間歇泉のように、白濁液は二度三度と噴きあがる。そのたびに香菜子の裸体がビクビク震えて、さらなる高みへと昇っていく。絶頂の発作はなかなか治まることなく、何度もくり返し訪れた。

「ああっ……あああっ……」

香菜子は唇の端から透明なよだれを垂らして、夫以外のペニスがもたらす快楽に酔っていた。

志郎も思いがけない誘いで、最高の愉悦を味わった。頭のなかがまっ白になるほどの絶頂だった。おかげで一時とはいえ、大きな問題から目をそらすことができた。

第五章　情交と夜景

1

香菜子と別れて、自分の部屋に戻ったのは深夜だった。

急いでシャワーを浴びると寝室に向かう。そっとドアを開けて足を踏み入れるが、愛華の姿は見当たらない。

おそらく、クローゼットのなかだろう。右端の隅が定位置で、膝を抱えて座っていることが多かった。

まだ社長を部屋に連れてくる方法は思いついていない。愛華に急かされても困るので、今夜は声をかけずに寝るつもりだ。明かりをサイドスタンドだけにすると、ベッドにあがって横になった。

「うわっ！」

次の瞬間、志郎は思わず大声をあげていた。

天井の隅に膝を抱えた愛華がフワフワと浮いている。体育座りのような格好をして、サイドスタンドのぼんやりした光に照らし出されていた。

「なによ、失礼ね。お化けでも見たような声をあげて」

愛華が不服そうに頬をふくらませる。

（い、いや、お化けだから……あなた、幽霊ですから）

喉もとから出そうになった言葉をギリギリのところで呑みこんだ。

てっきりクローゼットのなかにいるとばかり思っていた。まだ心臓がバクバクしている。天井にいたのなら、志郎が入ってきたときに声をかけてくればいいのに人が悪い。

（あっ、もう人じゃないのか……）

心のなかで自分で自分につっこみを入れる。それより、今は愛華のことが気になった。

「天井でなにやってるんですか？」

なんとか気持ちを落ち着かせて問いかける。

すると、愛華は膝を抱えた姿勢のまま、音もなくスーッと降りてきてベッドの上に着地した。

「志郎が帰ってくるのを待っていたのよ。ずいぶん遅かったじゃない」

「ちょっと、寄り道を……」

香菜子とセックスしていたとは言えない。寄り道をしたのは嘘ではないので、それで押し通すつもりだ。

「ふうん……まあ、いいけど」

愛華はつまらなそうにつぶやき、拗ねた子供のように唇をとがらせた。

「わ、わかってますよ。社長のことですよね」

志郎は慌てて言葉をかける。

社長に会わなければ、愛華は成仏できない。なんとか理由をつけて、社長を連れてこなければならなかった。

「今、方法を考えているところです。もう少し待ってください」

「もう少しって、いつまで待たせるのよ。早く会わせてよ」

愛華の口調は苛立っている。

瞳の色が以前と変わった気がするが、もしかしたら悪霊になりかかっているのではないか。

（早くしないと……）

胸に焦りがひろがっていく。

もし悪霊になってしまったら、霊感が強いだけの志郎にはどうすることもできない。今のうちに願いを叶えて成仏させてあげたかった。

「なにかいい方法はないですか。社長が自分からここに来たくなるような

「そんな都合のいい方法があれば、とっくに言ってるわよ」

「ですよね……」

志郎は小さく息を吐き出した。

なにも思いつかない。いっそのこと、社長を誘拐して連れてくるしかないか。

しかし、それでは愛華が成仏しても、志郎が捕まってしまう。

「隆也さんのお誕生日、いっしょにお祝いしたかったなぁ……」

愛華が淋しげにつぶやいた。

「社長の誕生日って、いつなんですか」

別に興味があったわけではない。黙っていると空気が重くなるので、なんとな

く尋ねただけだ。

「今度の日曜日よ。半年も前から、ここでお誕生日会をする約束してたのに……ふたまわり年上だから、五十三歳になるの」

ふたまわりも離れていることに驚かされる。だが、それよりお誕生日会と聞いてピンと来た。

「お誕生日会の約束、社長も覚えていますよね？」

「もちろんよ。忘れるわけないわ。愛人にすぎないけど、隆也さんがわたしとの約束を破ったことはないの」

愛華が自信を持って答える。

それなら、なんとかなるかもしれない。志郎の頭のなかには、ある作戦が浮かんでいた。

2

日曜日の昼前、インターホンが鳴った。

液晶画面に映ったのは、奈緒とスーツ姿の中年男だ。志郎は言葉を交わして解錠ボタンを押した。

しばらくして、奈緒と中年男が部屋に到着する。志郎は緊張ぎみにふたりを迎えた。

「お待ちしておりました」

「こんにちは。兼丸不動産の兼丸です」

中年男は丁寧に頭をさげる。

この男こそ兼丸不動産の社長、兼丸隆也だ。がっしりした体つきで、厳めしい顔をしている。オールバックの髪をポマードで固めており、いかにも精力の強そうな脂ぎった男だ。

(この人が、愛華さんの……)

志郎は気圧《けお》されそうになり、懸命に両足を踏ん張った。

隆也の隣に立っている奈緒にチラリと視線を向ける。目が合うと、彼女は小さくうなずいてくれた。

社長を連れこむため、奈緒に協力してもらった。

とはいっても、まだ詳細は説明していない。幽霊のことを話せば、信じてもらえなくなると思った。この作戦には奈緒の協力が不可欠だ。だから、すべてが終わったあとできちんと説明するから、どうしても協力してほしいと必死に頼みこんだ。

——小山田さんがそこまで言うなら信用します。

奈緒がそう言ってくれたときは、涙が出そうなほどうれしかった。

あらためて、決して迷惑はかけないことを約束した。そして、なにも聞かずに協力してもらえることになった。

「このたびはご迷惑をおかけして、申しわけございませんでした」

隆也が深々と頭をさげる。

「いえ、俺が借りているわけではないので、どうか顔をあげてください」

この部屋の契約者は優吾であって、志郎が迷惑を受けたわけではない。というか、そもそも誰にも迷惑はかかっていなかった。

すべては隆也をここに連れてくるための作戦だ。

先日、愛華に頼んで、クローゼットのなかの壁にマジックペンでメッセージを書いてもらった。

『お誕生日おめでとう。ずっと愛してるよ。プレゼントを用意してあります』

シンプルな文章だ。

あえて、どちらの名前も書いていない。ふたりは長いつき合いなので、筆跡でわかるはずだと踏んでいた。

そのメッセージをスマホのカメラで撮影して、この物件の担当者である奈緒に送った。そして、最初から落書きがあったというクレームとともに、写真を社長に見せる。それが奈緒に託された重要な役割だ。

賃貸物件は必ず清掃が入るので、前の入居者の落書きが残っていることなどあり得ない。だから、写真の文章はあとから書かれたものだとバレるが、筆跡はすでに亡くなっている愛華のものだ。

隆也が筆跡に気づけば、放っておけるはずがない。お誕生日会の約束を覚えていればなおさらだ。清掃の際の見落としだと思うのか、それとも誰かの悪質ないたずらを疑うのか。いずれにせよ、必ずここに来て、壁の落書きを確認すると予想していた。

「さっそくですが、例の写真の現場を見せていただけますか」

隆也は平静を装っているが、どこか落ち着かない感じだ。早く現場を確認したいに違いない。

「どうぞ、おあがりください」

志郎はふたりを迎え入れると、寝室へと案内する。

ドアを開けば、愛華がベッドに腰かけていた。隆也の姿を目にして、口もとを手で押さえる。再会に感激して、いきなり涙をこぼしはじめた。志郎も危うくもらい泣きしそうになり、慌てて気持ちを引き締めた。

「こちらです」

クローゼットの扉を開け放ち、右奥の壁を指で示す。そこに書いてあるメッセージを写真に撮ったのだ。

「これですか。ちょっと失礼」

隆也は床に膝をつき、顔を壁に寄せる。そして、マジックペンで書かれた文字を至近距離からチェックした。

「ううむ……」

低い声で唸っている。

筆跡が愛華のものだと確信したのではないか。隆也の横顔から血の気が引いて白っぽくなっていた。

「契約をしている白岩優吾くんに尋ねたのですが、そんな落書きはしていないとのことです。ということは、最初からあったのだと思います。きっと掃除をする人が見落としたのでしょうね」

志郎が話しかけても、隆也はむずかしい顔で黙りこんでいる。すると、絶妙なタイミングで奈緒が予定どおり口を開いた。

「清掃業者に確認したところ、クローゼットのなかも掃除したとのことです。写真も見てもらったのですが、そんなはずはないという回答でした」

事前に志郎が頼んでおいた台詞だ。

実際には清掃業者に確認していない。隆也を連れこむことに成功したので、ここから先は愛華を成仏させるための作戦だ。

「業者が本当のことを言っているとは限らないだろう」

奈緒の台詞を聞いた隆也が、いっそう険しい表情で振り向いた。

「でも、担当の方がはっきり覚えていたんです。タワーマンションの最上階だから、念入りに掃除をしたということです」

「だが、この文章は間違いなく半年以上前に書かれたものだ」

隆也は一歩も引こうとしない。

やはり愛華の筆跡だと確信している。半年前に亡くなっているので、清掃業者の証言を疑っていた。

「じつは、その文字が書かれた壁の前にこんなものが置いてあったんです」

志郎はあらかじめ用意していたデパートの紙袋を差し出す。

「いつから置いてあったのかはわかりません。優吾に聞いたのですが、心当たりがないと言うので……とにかく、確認してもらえますか」

「わかりました」

隆也は紙袋を受け取ると、なかからウイスキーのボトルを取り出した。

「壁の文章に書いてある誕生日のプレゼントですかね？」

志郎はなにも知らないフリをして問いかける。

愛華から隆也の好みを聞いてウイスキーを準備した。とはいっても、優吾のサイドボードに並んでいたものだ。カリラ二十五年という高級ウイスキーで、隆也が愛飲していたという。

「こ、これは……」

隆也がボトルを手にして顔をこわばらせる。愛華から自分へのプレゼントだとわかったのだろう。

しかし、愛華が生前に用意したのなら、半年もクローゼットに置いてあり、なおかつ誰にも発見されなかったことになる。清掃業者や兼丸不動産の社員が気づかないはずがない。新しい入居者もいるのに、ずっと荷物が置きっぱなしになっていたのは不自然だ。

「どういうことなんだ？」

隆也はボトルを見つめたまま立ちつくしている。

心に浮かんでいるのは愛華の顔に違いない。だが、不倫相手の名前を口にすることはなかった。

(愛華さん……)

志郎はベッドをチラリと見やった。

そこには白装束姿の愛華が腰かけている。懐かしさと淋しさが同居する複雑な表情で、隆也のことを見つめていた。

「最後にお話したい……」

愛華がぽつりとつぶやく。ベッドからゆらりと立ちあがり、ふらふらと歩み寄ってきた。

(ちょ、ちょっと、なにする気ですか？)

心のなかで問いかける。

しかし、愛華は答えることなく隆也の隣に立った。

愛華の姿が見えているのは志郎だけだ。奈緒と隆也は霊感がなく、愛華がいることにまったく気づいていない。ふたりともウイスキーのボトルを不思議そうに眺めていた。

「ちょっとだけ、身体を借りるわね」

愛華がつぶやき、奈緒にすっと近づく。なにをするのかと思えば、吸いこまれるように奈緒の身体と重なった。

「あっ……」

奈緒が小さな声を漏らして、両目をわずかに見開いた。

（な、なにをしたんだ？）

強烈な不安がこみあげる。

愛華の姿は志郎にも見えなくなっていた。身体を借りると言っていたが、奈緒のなかに入りこんだのだろうか。

「隆也さん……」

ふいに奈緒がつぶやいた。

「ん？」

隆也が怪訝な顔で振り返る。眉間には深い縦皺が刻まれていた。

「なんだ、いきなり――」

「わたしよ。わからないの？」

声は奈緒だが、口調がまったく違っている。どこか強気な物言いは、愛華に間違いなかった。

「ま、まさか……」

隆也の声が震えている。奈緒の顔をじっと見つめるが、すぐに首を左右に小さく振った。

「い、いや、そんなはず……」

脳裏に浮かんだ考えを否定するようにつぶやいた。

「プレゼント、気に入ってくれた？」

「お、おい、からかうと承知しないぞっ」

野太い声で言い放つが、目が泳いでいる。隆也は落ち着かない様子で、奈緒とウイスキーのボトルを交互に見やった。

「大きな声を出さないでって、いつも言ってるでしょう。忘れちゃったの？」

「なっ……」

隆也が目を見開いて絶句する。

恐ろしいものでも見るように固まり、顔から血の気が引いていく。もしかしたら、口癖のように言われていたのかもしれない。ふたりだけにしかわからない会話で、奈緒に愛華の姿が重なって見えたのではないか。

「でも、いいの。お誕生日会の約束、覚えていてくれたんでしょ。だから、来てくれたのよね」

「あ、愛華……愛華なんだな」

隆也は確信したのか目を潤ませて何度もうなずく。

「当たり前だろ。忘れるわけがない。この部屋からクレームが入ったとき、約束の日曜日に行けるって思ったよ」

「うれしい。でも、勝手に死んじゃって、ごめんね」

ひどく淋しげな声だった。その直後、奈緒に憑依《ひょうい》している愛華の瞳から涙がこぼれた。

「なに言ってるんだ。俺のほうこそ、いっしょにいてやれなくて……」

そこで隆也は黙りこんでしまう。こみあげる感情をこらえるように、奥歯を強く食いしばった。

「最後に会えてよかった」

奈緒の姿を借りた愛華は泣いているが、どこか満足げな表情になっている。

隆也と話ができたことで、未練が消えたのかもしれない。大粒の涙が次から次へと溢れて、頬を伝い流れていく。

「愛してくれて、ありがとう。さようなら」

「ま、待て、愛華っ、行くなっ」

隆也が慌てて叫ぶが、奈緒の身体から愛華がすっと抜けるのが見えた。

それと同時に奈緒は脱力して倒れそうになる。志郎はとっさに手を伸ばして女体を抱きとめた。

「志郎……ありがとう」

愛華が穏やかな声で語りかける。

もう心残りはないらしい。表情が柔らかくなっており、やさしげな微笑を浮かべていた。

「もう行っちゃうんですか」

「ええ……さようなら」

愛華の色が薄くなる。身体が半透明になり、どんどんぼやけていく。お別れのときが近づいていた。

「俺のほうこそ、ありがとうございます！」

志郎は思わず大声で叫んでいた。

完全に見えなくなる寸前、愛華が笑顔でうなずくのがわかった。跡形もなく消えてしまった。きっと成仏できたのだろう。愛華はようやく楽になれたのだ。だが、一抹の淋しさが胸に残った。

寝室は静まり返っている。

隆也は床にへたりんで、がっくりうなだれていた。ウイスキーのボトルを抱きしめて、男泣きに泣いていた。

不倫の関係だったが、隆也なりに愛華のことを大切に思っていたのだろう。愛華が成仏したことを悟り、志郎の声も聞こえないほど悲しみに暮れていた。

「んっ……」

抱きしめていた奈緒が、小さな呻き声を漏らす。瞼をゆっくり持ちあげて、眩しげに志郎の顔を見つめた。

「大丈夫ですか？」

「わたし、今……」

奈緒は泣いている隆也に気づき、はっと息を呑んだ。

「夢じゃなかったのね」

独りごとのようにぽつりとつぶやく。

もしかしたら、愛華が憑依していたときの記憶があるのだろうか。しかし、奈緒はそれ以上、なにも語ろうとしなかった。

3

一週間後の日曜日——。

奈緒は仕事を終えるとタワーマンションにやってきた。

今、志郎と奈緒は並んでソファに腰かけている。ガラステーブルには、赤ワインの入ったグラスがふたつ置いてあった。

すべてが終わったら説明すると約束した。

だが、互いに気持ちを整理する時間が必要と判断して、一週間後に再会することにした。霊感があることを隠して生きてきたので、それを打ち明けるのは勇気がいる。奈緒にしても愛華に憑依されて混乱していた。

「もうわかっていると思うけど……俺、見えるんです」

志郎は赤ワインで喉を湿らせると、言葉を選びながら語りはじめた。

子供のときに変人あつかいされてから、人に知られるのが怖くなった。極度の緊張に襲われている。しかし、奈緒を本気で好きになり、隠しごとをしたくない気持ちも芽生えていた。

「物心ついたときから見たくもない幽霊が見えてしまって……生まれつき霊感が強いんです」

志郎の告白を、奈緒は黙って聞いている。

感情を抑えているらしく、表情がほとんど変わらない。笑いたいのをこらえているのか、それとも納得しているのか、あるいは変人だと思っているのか。表情からは読み取れなかった。

「愛華さんはこの世に未練があって、寝室の地縛霊になっていたんです。奈緒さんにいろいろお手伝いしてもらったのは、愛華さんの未練を解消して、成仏させるためだったんです」

志郎はそこで言葉を切ると、いったんワインを喉に流しこむ。奈緒も隣でワインをひと口飲んだ。

「でも、まさか奈緒さんに憑依するとは思わなくて……すみませんでした」

「いいんです。大きな問題はなかったですから」

奈緒はやさしげな微笑を浮かべる。危険な目に遭ったというのに、気を悪くした様子はなかった。

「それに、愛華さんの気持ちを知ることができて、かえってよかったと思っています」

「どういうことですか?」

「憑依されたことで、愛華さんの気持ちがわたしに流れこんできたんです。不倫をしていたかもしれないけど、純粋な人だったんですね」

確かに奈緒の言うとおりかもしれない。

不倫を肯定するつもりはないが、愛華は純粋に隆也のことを愛していた。だからこそ、最後にお別れを言えなかったのが心残りだったのだ。実際、別れを告げたことで、隆也に指一本触れることなく成仏した。

「そうですね……すごく純粋な人でした」

志郎が同調してうなずくと、奈緒が再び語り出す。

「じつは、愛華さんの記憶がわたしに移っているんです」

「えっ、じゃあ、全部知ってるんですか?」

思わず大きな声をあげてしまう。すると、奈緒が不思議そうに志郎の顔を見つめた。

「なにを焦っているのですか?」

「い、いえ、別に……」

「もしかして、愛華さんとなにかありましたか?」

「な、なにもないですよ」

慌てて否定するが、焦るあまり声が震えてしまう。

愛華の記憶が移ったのなら、志郎とセックスしたことも知っているのではないか。とっさに否定したが、まずかったかもしれない。素直に認めるべきだったと後悔した。

「てっきり、なにかあったのかと思いました」

奈緒はそれほど気にしている様子もなくワイングラスを口に運んだ。

「あの……記憶が移ったというのは、どの程度……」

「生前の記憶が全部です」

それを聞いて、内心ほっと胸を撫でおろす。

どうやら、亡くなってからの記憶はないらしい。つまり、志郎とセックスしたことは、奈緒にバレていないのだ。あれは金縛り中に夜這いをしかけられた結果だが、奈緒に知られるのは気まずかった。

「わたし、やっぱり会社を辞めようと思っています」

奈緒が話題を変えて語りはじめる。転職を考えていることは、以前にも聞いていた。

「社長と愛華さんは愛し合っていたのかもしれませんが、不倫はどうしても気になります。夫に浮気をされた奥さまのことを思うと、もう社長の下では働けません。だから、転職します」

決意を感じさせる、きっぱりした声だった。

「そんな……」

志郎は思わずつぶやいた。

奈緒の気持ちはわかるが、会えなくなる気がして不安になる。彼女がこの物件の担当者だったから知り合ったのだ。不動産屋を辞めてしまったら、関係が切れてしまうのではないか。

「愛華さんに学んだことがあるんです」

一転して奈緒の声は穏やかになっていた。

「不倫はよくないですけど、愛華さんの純粋で素直なところは見習いたいなと思いました」

奈緒はそう言うと、あらたまった感じで志郎の顔を見つめる。やけに真剣な表情になっていた。

(な、なんだ?)

志郎は思わず背すじを伸ばして座り直す。胸の鼓動が速くなり、心臓の拍動する音が耳に届いた。

「小山田さん……志郎さん、好きです」

突然の告白に驚かされる。

少し酔っているらしい。奈緒の目の下はほんのり赤く染まっていた。羞恥をごまかすためにワインを飲んでいたのかもしれない。

「俺も、奈緒さんのことが好きです」

志郎も思いきって気持ちを伝える。

本当なら男の自分が先に告白したかったが仕方ない。せめて、ここからは自分がリードしようと心に決めた。

「奈緒さん……」

肩に手をまわすと、そっと抱き寄せる。

奈緒が睫毛を伏せてくれたので、そのまま唇を重ねた。柔らかい唇の感触に陶然となり、勢いにまかせて舌を差し入れる。すると、奈緒は遠慮がちに舌を伸ばした。

自然とディープキスになり、舌を吸い合って唾液を交換する。どんどん気分が高揚して、互いの服を脱がし合う。肌が露出するにつれてキスも激しくなり、舌を深く深くからめていった。

4

志郎と奈緒は生まれたままの姿になり、窓の前に立っている。

近くに高い建物はないので、裸体をさらす開放感に浸ることができる。五十五階からの眺望は、うっとりするほど素晴らしい。部屋の明かりを落としたことで、東京の夜景が鮮明にひろがっていた。

家庭やオフィスの明かり、瞬くネオン、街の信号機など、無数の光が視界を埋めつくしている。車のヘッドライトやテールランプも彩りを添えているが、騒音はいっさい聞こえない。

「きれい……」

奈緒がぽつりとつぶやく。

隣を見やれば、奈緒の美しい横顔がある。光り輝く夜景より、さらに眩く煌めいていた。

「奈緒さんのほうが、ずっときれいです」

ふだんなら照れて言えないような台詞も、ロマンティックな気分に浸っている今なら自然と口にできる。くびれた腰に手をまわして正面を向かせると、あらためて見つめ合った。

「奈緒さん、好きです。ずっといっしょにいてください」

「はい……よろしくお願いします」

薄暗いなかでも、奈緒の顔がまっ赤に染まるのがわかる。照れているのが愛おしくて、志郎は思わず女体を強く抱きしめた。

「あンっ……苦しいです」

「すみません」

耳もとで謝罪するが、抱きしめた手を緩めない。なめらかな背中を撫でて、張りのある尻たぶを両手でつかんだ。

「ああっ」

奈緒が微かに身をよじる。しかし、いやがっているわけではない。その証拠に彼女も両手を伸ばして、志郎の背中にまわしてくれた。

「硬いのが当たってます」

「はい……」

指摘されても離れるつもりはない。硬くなったペニスが、彼女の下腹部に密着していた。

心が通じ合ったことで、テンションがあがっている。先ほどからペニスが雄々しく屹立したままだ。五十五階建てのタワーマンションに負けないほど、天に向かって激しくそそり勃っていた。

「ひとつになりたいんです」

「ああっ、くすぐったいです」

耳に熱い息を吹きこみながらささやけば、奈緒は肩をすくめて腰を右に左にくねらせる。しかし、身体を離そうとしないどころか、むしろ自ら下腹部を強く押しつけてきた。

「うっ……」

勃起したペニスが刺激されて、思わず小さな呻き声が漏れてしまう。

そんな志郎の反応を楽しむように、奈緒はさらに腰を揺すりはじめる。柔らかい下腹部で揉みくちゃにされて、我慢汁が大量に溢れ出す。それを塗り伸ばされることで、あらたな快感が生じていた。

「ちょ、ちょっと……」

「すごく硬いです。それにヌルヌルしてますよ」

奈緒も興奮しているらしい。息づかいが荒くなっており、腰の動きが艶めかしさを増していく。

(俺がリードしようと思ったのに……)

これでは奈緒のペースになってしまう。

なんとか軌道修正をしようと思ったとき、ふいに奈緒がその場でしゃがみこんだ。

勃起したペニスが、彼女の鼻先に迫っている。我慢汁が大量に溢れているので生臭さも漂っているはずだ。しかし、奈緒はいやな顔をすることなく、両手で太幹を支えて息を大きく吸いこんだ。

「ああっ、志郎さんの匂いがします」

うっとりした顔でささやき、亀頭の先端にチュッとキスをした。

「ううっ……」

期待でペニスが跳ねあがる。すると、奈緒は口もとに笑みを浮かべて、亀頭についばむようなキスの雨を降らせた。

「な、奈緒さん……くううッ」

「気持ちいいですか？」

上目遣いに尋ねると、今度は舌を伸ばして裏スジを舐めあげる。根もとのほうから先端に向かって、ゆっくり舌先でくすぐった。

「そ、それ……うううッ」

たまらず腰が揺れてしまう。

裏スジを這いあがった舌先が、今度はカリの周囲を動きまわる。ぐるりと一周したかと思うと、尿道口をチロチロと刺激された。

「うッ……ううッ」

志郎は呻くだけになっている。快楽を耐えるのに精いっぱいで、意味のある言葉を発する余裕もなかった。

「ピクピクしてます。気持ちいいんですね」

奈緒はうれしそうにささやくと、柔らかい唇を膨張した亀頭にかぶせる。ぱっくり咥えこまれて、熱い息が吹きかかった。

「おおおッ」

とたんに快感がふくれあがり、慌てて全身の筋肉に力をこめる。両足のつま先を内側にまるめて、絨毯にグッと食いこませた。

「き、気持ちいい……ううッ」

「あふっ……むふっ……はむっ」

奈緒が微かに鼻を鳴らしながら首を振りはじめる。

さらに快感が大きくなり、膝がガクガクと震えてしまう。全身の筋肉から力を抜けば、あっという間に暴発してしまう。それほどの愉悦がひろがり、我慢汁が大量に溢れていた。

「くううッ、そ、それ以上は……」

懸命に訴えるが、奈緒は首を振りつづける。そればかりか頬をぼっこりくぼませて、陰茎を猛烈に吸いあげた。

「あむうううッ」

「おおおッ、そ、そんなことまで……」

このままでは暴発してしまう。思わず腰を引くが、奈緒が両手を志郎の尻にまわして、しっかりつかんだ。

「ちょ、ちょっと……くうううッ」

ペニスを引き抜くことができず、そのままフェラチオされつづける。唇で太幹をリズミカルにしごかれて、柔らかい舌が亀頭に這いまわり、さらには思いきり吸茎されていた。

「ンっ……ンっ……」

奈緒の動きが加速する。

己の股間を見おろせば、唾液まみれのペニスが彼女の唇から出入りをくり返しているだ。ヌルヌルと滑るのがたまらない。射精欲が爆発的にふくれあがり、全身が激しく痙攣した。

「おおおおッ、で、出るっ、おおおおおおッ、くおおおおおおおッ！」

耐える間もなくザーメンが噴きあがる。射精に合わせて吸われることで、快感が二倍にも三倍にもなって脳天まで突き抜けた。

「はうううッ」

奈緒は口を離すことなく、すべてを喉奥で受けとめてくれる。

射精の最中も首を振り、尿道のなかの精液を丁寧に吸い出して、一滴残らず飲みくだした。

5

「す、すごく……よかったです」

志郎は呼吸が整うのを待つことなく、奈緒の手を取って立ちあがらせる。たっぷり射精したにもかかわらず、ペニスは萎えるどころか、ますます硬度を増していた。

「ここに手をついてください」

「こうですか?」

奈緒はとまどいながらも指示に従う。

窓ガラスに両手をつき、尻を後方に突き出す格好だ。志郎は彼女の背後に立つと、くびれた腰に手を添えた。

「まさか、この格好で?」

奈緒が不安げな顔で振り返る。しかし、瞳の奥には期待の光が宿っていた。

「うしろからが好きなんですよね」

「そういうわけでは……顔を見られるのが恥ずかしいから」

「挿れますよ」

彼女の声を無視して、亀頭の先端を濡れそぼったミルキーピンクの割れ目にあてがった。軽く体重をかけるだけで、ヌプッと簡単に沈みこんだ。

「あううッ、お、大きいっ」

奈緒の背中が反り返る。

亀頭が泥濘《ぬかるみ》のなかに消えて、太幹がどんどん埋まっていく。膣口が締まり、無数の膣襞がからみついた。

「す、すごい……うむッ」

快感に耐えながら、ペニスを根もとまで挿入する。志郎の股間と奈緒の尻が密着して、一体感が深まった。

「全部、入りましたよ」

背中に覆いかぶさり、彼女の耳もとでささやきかける。すると、その声に反応して膣がキュウッと収縮した。

「あううッ、ふ、深い……奥まで来てます」

奈緒の呼吸は乱れている。カリが膣壁にめりこみ、亀頭の先端は子宮口を圧迫していた。

もっと感じさせたくて、志郎は両手を前にまわしこみ、乳房をゆったり揉みあげる。指の間に乳首を挟んで、同時に甘い快感を送りこむ。すると、女体が焦れたようにくねりはじめた。

「ああンっ……し、志郎さん」

顔を見られるのが恥ずかしいのか、奈緒は振り向こうとしない。しかし、窓ガラスが鏡のようになって、喘ぐ顔を映し出していた。

「動いてほしいんですね」

志郎が語りかけると、奈緒は眉を困ったように歪める。そして、羞恥にまみれながら、こっくりうなずいた。

「う、動いて……ああっ、動いてください」

欲望が我慢できないほど、ふくれあがっているらしい。ついに震える声で懇願すると、自ら尻を前後に振りはじめた。

「それじゃあ、動きますよ」

志郎も急激に昂っている。さっそく腰を振り、ペニスを出し入れして女壺のなかをかきまわす。カリで膣壁を擦りあげては、亀頭で最深部をノックする。それを連続でくり返せば、快感曲線が一気に跳ねあがった。

「あああッ、い、いいっ」

「おおおッ、気持ちいいっ」

奈緒の喘ぎ声と志郎の呻き声が、明かりを落としたリビングに響きわたる。

立ちバックでつながり、ふたりは同時に高まっていく。東京の夜景が見下ろせる窓の前に立ち、裸で腰を振り合っているのだ。夢のような状況のなか、快感の波が次から次へと押し寄せた。

「な、奈緒さんっ、おおおおッ」

腰の動きが自然と速くなる。ペニスを勢いよく出し入れすれば、華蜜の弾ける湿った音がふたりの声に重なった。

「はあああッ、い、いいっ」

奈緒の喘ぎ声が大きくなる。窓ガラスに両手の爪を立てて、尻をますます後方に突き出した。

「くうううッ」

志郎はたまらず唸った。

膣が猛烈に締まり、太幹がギリギリと絞りあげられる。もう昇りつめることしか考えられない。勢いよく腰を振り、いきり勃った男根をたたきこむ。快楽だけを求めて、とにかくピストンを加速させた。

「おおおおッ、おおおおおッ」

「ああぁッ、いいっ、いいっ、はあああぁッ」

絶頂がすぐそこに迫っている。もう夜景など目に入らない。ふたりは息を合わせて腰を振り、ひたすらに快楽を貪った。

「おおおッ、で、出るっ、出る出るっ、ぬおおおおおおおッ！」

獣のような呻き声を轟かせて、思いきりザーメンを噴きあげる。ペニスを根もとまで挿入した状態で、熱い媚肉に包まれながら射精した。

「はあああッ、イ、イクッ、イクイクッ、あああああああああッ！」

奈緒も一気に昇りつめる。艶めかしいよがり声を振りまき、背中が大きく反り返っていく。突き出した尻に痙攣が走り、膣がペニスを食いしめた。

「あああぁッ、い、いいっ、またイクうううッ！」

「ううッ、まだ出るっ、くおおおおおッ！」

射精がとまらない。奈緒も連続で絶頂に達していく。

かつてこれほどの快楽を味わったことはない。身も心も蕩けるような愉悦がひろがり、全身を包みこむ。この瞬間、ふたりはなにもかも忘れて、ただただ快楽に酔いしれた。

これから先のことは、まだなにも決まっていない。

タワーマンションでの生活は、優吾が帰ってくるまでだ。そのあとは、奈緒とふたりで住む場所を探すことになるだろう。そのとき、奈緒は転職して新しい仕事をはじめているはずだ。

なにもかも変わるが、ふたりの想いだけは変わらない。

そして、志郎の霊感が消えることもないだろう。また新たな幽霊と遭遇することもあるかもしれない。成仏できなくて困っていれば、奈緒といっしょに手を貸すつもりだ。

それが霊感を持つ者の役目だと思う。奈緒が隣にいてくれるなら、なんでもできる気がした。

＊本作品は書下しです。文中に登場する団体、個人、行為などはすべてフィクションであり、実在のものとは一切関係ありません。

◉新人作品**大募集**◉

マドンナメイト編集部では、意欲あふれる新人作品を常時募集しております。採用された作品は、本人通知のうえ当文庫より出版されることになります。

【応募要項】未発表作品に限る。四〇〇字詰原稿用紙換算で三〇〇枚以上四〇〇枚以内。必ず梗概をお書き添えのうえ、名前・住所・電話番号を明記してお送り下さい。なお、採否にかかわらず原稿は返却いたしません。また、電話でのお問い合せはご遠慮下さい。

【送付先】〒一〇一-八四〇五 東京都千代田区神田三崎町二-一八-一一 マドンナ社編集部 新人作品募集係

訳《わけ》あり《あり》人妻《ひとづま》マンション《まんしょん》

二〇二三年 三月 十日 初版発行

著者◉葉月奏太【はづき・そうた】

発行◉マドンナ社
発売◉二見書房
東京都千代田区神田三崎町二-一八-一一
電話 〇三-三五一五-二三一一(代表)
郵便振替 〇〇一七〇-四-二六三九

印刷◉株式会社堀内印刷所 製本◉株式会社村上製本所 落丁・乱丁本はお取替えいたします。定価は、カバーに表示してあります。
ISBN978-4-576-23018-4 ◉Printed in Japan

Madonna Mate